技術で応えられるサッカー選手を育てる

中央学院高校の教えすぎない育成哲学

中央学院高校サッカー部監督
濵田寛之
Hiroyuki Hamada

ボール中毒者になれ!

〈はじめに〉

大会やフェスティバル、指導者ライセンスの講習会などに行くと、多くの人に聞かれることがあります。

「どうすれば、中央学院のようなサッカーができるのですか?」

「なんで、選手たちはあんなに楽しそうにサッカーをしているのですか?」

数え切れないほど、こういった質問を受けてきました。

そのたびに、どう答えていいのか、言葉に詰まっていました。

なぜなら私は、選手たちが楽しくのびのびとプレーするのが、当たり前だと思っているからです。

それが、勝利至上主義のチームが多い高校サッカー界では、異質に映るのでしょう。

誤解してほしくはないのですが、中央学院も勝ちたいと思っています。選手たちは技術に自信を持っているので、相手がどこであろうと、勝とうと思って試合に臨んでいます。それは当然のことです。

でも、私を含む指導スタッフたちが、試合での勝ちを最優先に考えているかというと、そうではありません。

「選手が楽しくプレーすること」
「練習で培った技術を活かしたサッカーをすること」
「公式戦であろうと、もっと上手くなるためにチャレンジすること」

これらを第一に考えています。「試合で勝つこと」は優先順位の一番ではありません。

その考えからスタートするので、選手たちがピッチで表現するサッカーが、楽しそうに、そしてのびのびとプレーしているように見えるのだと思います。

日本に高校サッカー部は4700校ほどあります。

その中で、冬の全国高校選手権に出られるチームはたったの48校しかありません。

多くの全国大会に出られないチームの指導者が、どのような考え方のもとに指導をしているのか。「日本サッカー」というものを俯瞰し、長い目で見たときに、それこそが大切なことなのです。

選手たちは楽しそうにサッカーをしていますか？
指導者のエゴを押し付けていませんか？
大人にサッカーをやらされていませんか？

この本では、高校3年間で選手たちがのびのびとプレーしながら、高い技術を身につけて、大学や社会人、プロで活躍するための方法を記しました。

私は今でこそ、選手の成長を第一に考えて指導をしていますが、教員になった頃は、真反対の考えで、蹴って走ってスパルタのサッカーをしていました。

その時代を経て、どのように考え方が変わり、サッカーが好きで上手な選手が出てくるようになったのか。

その過程を知っていただくとともに「どのような考え方のもとに、指導をすればいいのかがわからない」と悩んでいる指導者、サッカーをする子どもを持つ保護者のヒントになる話ができればと思っています。

目次

第1章 中央学院のサッカー哲学

第2章『古き悪しきスパルタ指導』からの脱却

第3章 中央学院からプロになった選手たち

第4章 中央学院の練習といえば「ドリブルゲーム」

第5章 関係者インタビュー

構成：鈴木智之
カバー写真：武田敏将
装幀・本文組版：水木良太
編集：柴田洋史（竹書房）

第1章

中央学院のサッカー哲学

中央学院＝ドリブルサッカーではない

千葉県には高校サッカーの全国的な強豪校が2校あります。市立船橋高校と流通経済大学付属柏高校です。両校とも、夏のインターハイ、冬の高校サッカー選手権で優勝歴があり、Jリーガーを何十人も輩出している名門です。

ご存知の通り、中央学院も千葉県にあります。だから、全国大会に出るためには、彼らを倒さなくてはいけません。

「全国から優秀な中学生を集めて、恵まれた環境で指導する、全国屈指の強豪校を倒すためにはどうすればいいか？」

これが、私の指導者としての大きなテーマになりました。2019年秋の時点で、高校サッカー選手権の千葉県予選の最高成績はベスト4。当時のメンバーには、ペルーリーグや柏レイソルで活躍した澤昌克（ウニオン・ウアラル）がいました。他にもタレントが揃っていた学年で、「さすがに、この年は全国大会に行けるだろう」と思っていたのですが、準決勝で負けてしまいました。相手は市船でもなく、流経大柏でもありません。渋谷幕張高校で、相手チームには田中マルクス闘莉王選手（京都サンガ）がいました。

千葉県の高校サッカーは群雄割拠です。前述の2強に加えて、2019年度は日体大柏高校がインターハイで優勝。他にも八千代や習志野などの古豪も含めると、強豪と呼ばれるチームがたくさんあります。

そのなかで、チームとしての色を出しながら選手を育成し、試合に勝ちたい。そのための方法論として「足下の技術（テクニック）」を重視した指導をしています。

極端な言い方をすると、常にボールを保持していれば、失点することはありません。ボールを保持するためには、相手に奪われないキープ力、奪いに来た相手をかわすドリブルの技術、奪われてもすぐに取り返すためのサポート、攻守の切り替えの速さなどが必要になります。

誤解してほしくないのは、『中央学院＝ドリブルサッカー』ではないということです。試合をご覧になったことのない方は、メディアが作り上げたイメージをもとに、先入観を持たれているかもしれません。中央学院はドリブルの技術は重視していますが、それがすべてではありません。この話は長くなるので、この本を使って説明していこうと思いますが、サッカーを上手にプレーするにあたって必要な技術を身につけて、大学やプロなど、上のカテゴリーに選手を送り出すことを第一の目標にしています。試合で勝つ、全国大会に出場するというのは、二番目の目標なのです。

日本の場合、とくに育成年代では海外サッカーの影響からか「パスサッカー」を信条とする指導者が多く、ボールポゼッションを重視するチームが増えています。しかし、ボールをポゼッションするためには、パスのトレーニングだけでは上手くなりません。相手のプレスをかわすドリブルの技術、球際の競り合いでマイボールにするための技術も必要です。それができずにパスを回していても、相手の守備が堅くなるゴール前を崩すことはできません。ゴール前の守備を突破するためには、ドリブルで相手を抜く、かわす、外すといった技術が絶対的に必要になります。そこが特に大切だという考えのもとに指導をしています。

ヘディングでは市船、流経大柏には勝てない

ヘディングをするのは嫌いです。なぜなら、身体能力に優れる選手を集めた市船や流経大柏とヘディングのやりあいをしても、相手の方が断然有利だからです。

中央学院の選手には「浮いたボールをヘディングで返すのではなく、足や胸を使ってトラップしなさい」という指導をしています。ボールの弾き合いになると、身体能力に劣る、うちの選手たちには分が悪いのです。

そのような指導をしてから、市船や流経大柏と試合をすると、相手の選手はすごくやりづらそうにプレーしているように見えました。普段、戦っているチームなら「ここはヘディン

グで来るな」というところを、うちの選手たちは全部トラップしてしまうので、リズムが崩れるのでしょう。

千葉県を勝つためには、市船や流経大柏に勝たなければいけません。そのためには、浮き球を跳ね返すサッカーに付き合うのではなく、徹底してボールを浮かせない『地上戦』で戦うことがポイントだと思っています。

だからこそボールコントロールや足元の技術、ドリブルを大事にするのですが、前提として、それらの技術がないとサッカーを楽しめないし、上のカテゴリーに行ったときに通用する選手にはならないと思っています。

サッカーに高校の3年間を捧げているわけですから、何か一つでも身につけて、卒業してほしい。例えば、高校を卒業して大学のサークルに入って、可愛い女の子が見に来ている時にサッカーが上手かったら、「あの人、かっこいい」となるじゃないですか。たとえ中央学院では主力メンバーに入っていなかったとしても、他のチームよりはボールをたくさん触っているので、絶対に上手くはなっているんですよ。高校3年間、自主的に取り組んだ選手は間違いなく上手くなります。

上手くなるためには、手本になる先輩やチームメイトのプレーを見て、真似をすること。選手たちには冗談で「ここはブラジルだから」と言うのですが、上手い選手を見て真似て、自分で練習して上手くなる。それが大事なことだと思っています。

プロになった児玉駿斗、榎本大輝の高校時代

それを体現していたのが、中央学院から愛知県の東海学園大学に進み、在学中に名古屋グランパスの強化指定選手（2021年度より加入）になった児玉駿斗（レオSC）です。彼は高校時代に自主練をして、自らの技術を磨く中で、「この技術は自分には必要ない」「これは好きだな」「得意だな」という感覚を研ぎ澄まして行きました。

同じく名古屋グランパスに進んだ榎本大輝（ヴィヴァイオ船橋）もそうで、自分の価値観、自分の世界をしっかりと持っている選手でした。「これは試合で使えるな」というのを練習の中からイメージして、さらに繰り返して工夫をすることで、より試合で使える技術になって行きます。だから、監督やコーチに「この練習をしなさい」と言われて、その通りにやる選手は平凡なんです。もちろん最初はできないので、言われたメニューをこなす段階も必要ですが、ある程度できるようになったところで、自分なりの工夫を加えてみる。いわゆる「守破離」でいう「破」の部分です。

選手を見ていて、監督である私が言ったことと、全然違うことをやっているなと思うこと

があります（笑）。でも、それで良いんです。それが、その選手の個性であり、価値観がプレーに出るわけですから。入学したばかりの1年生に、私が「こういうプレーをしなさい」と言うと、小さなお人形さんになってしまいます。言われた事をやろうとしすぎるんですね。だから先輩のプレーを見て、「あのドリブルすごいな。自分もできるようになりたいな」と思ったら、真似をして練習すればいいわけです。

高校生は成長の途上なので、ボールにたくさん触り、たくさんミスをすることが大切です。上手くなるために、失敗はつきものですから。むしろ、失敗は上手くなるための過程において絶対に必要なものです。

高校の3年間は、失敗が許される最後の年代です。例えば高卒でプロに入り、1試合に3回ミスをしたら、次の試合ではきっとメンバーから外されてしまうでしょう。大学でも同じことで、高校時代にミスをした経験、ミスから学んだことを活かして、「このボールの触り方をしたらミスするな」という感覚をもとにプレーすることが大事だと思っています。

榎本や児玉は名古屋グランパスと契約していますが、試合に出て1プレー、2プレーでミスをしたら、次のチャンスはなかなかもらえません。「ミスをする選手はいらない。他のもっと上手いやつを連れてくるから」というのがプロの世界です。

だからこそ、ミスが許される最後の年代である高校時代にたくさんボールに触り、試合でも盛んにチャレンジして、失敗と成功を繰り返していくことが大切で、私は試合の勝ち負けよりも大事なことだと思っています。

試合に勝つためだけにプレーした先に、何が残る?

千葉県内のライバル、市船や流経大柏は全国優勝経験のあるチームです。彼らはうちの選手たちが繰り広げる、技術を前面に押し出したサッカーをぶっ潰してやろうという意気込みで向かってきます。それは価値観の違いであり、互いのスタイルは認め合っている間柄です。彼らのような強豪校には、それぞれにチームのスタイルがあり、「このサッカーで勝つんだ」というプライドがあります。

しかし、例えばその下のレベル(県予選でベスト8、16など)のチームのサッカーを見ていると、時に選手たちがつまらなそうにプレーしていて「勝つためだけのサッカーをしているのではないか?」と感じることがあります。

高校3年間というかけがえのない時間を費やして、勝つためだけの上手くもならない、つまらないサッカーをするのは、選手のモチベーション的にはどうなんだろう? 高校を卒業した後に、彼らの中に何が残るんだろう? と疑問に思ってしまうんです。単純に「このサッカースタイルで練習をして試合に勝って、楽しいのかな？」と思ってしまいます。

とくに残念なのが、中学時代に「面白いプレーするな。センスあるな」と思った選手が、高校に進んで勝つためだけのサッカーをさせられた結果、なんてことのない平凡な選手になってしまったり、潰れてしまうケースです。

中学時代に技術を磨いて、遊ぶようにサッカーをしているのに、高校に入って勝つためのサッカーをすることに対して頑張ってしまうんです。サッカーに対して頑張るのは、プロになってからでいいんです。うちの選手を見てください。試合で負けた後は悔しいかもしれませんが、基本的に勝っても負けてもあまり変わりません。いつもヘラヘラしています（笑）。でも、それでいいんです。

サッカーと学校教育との矛盾

サッカーと学校教育は相反するものです。日本の学校教育は基本的に「先生の言う通りにしなさい」という考え方ですよね。これをサッカーに置き換えると、「監督の言う通りにプレーしなさい」という意味になります。日本の子どもたちは、「大人の言う通りにしなければいけない」というのを、小学1年生の時から教わってきています。

技術重視にサッカースタイルをシフトチェンジしてから
中央学院の試合を見に来てくれる方が増えた

でもサッカーは、誰かに言われてやるスポーツではないですし、自分の発想やクリエイティブなプレーをどれだけ出すことができるかが重要なスポーツです。そのための技術や戦術、判断を高校生になって教え込むのですが、今まで学校教育の中で培ってきた「監督に言われた通りにプレーしなければいけない」という考え方を壊すには、高校3年間という短い時間では、難しいなと感じています。

高校生、とくに入学したばかりの1年生にとって、監督の存在は絶対的です。監督が「このプレーをしなさい」と言ったら、「はい」と何も考えずにやるのが、日本の子どもたちです。なぜなら、そういう教育をずっと受けてきているわけですから。

繰り返しますが、サッカーはそういうスポーツではないので、どのようなアプローチをすれば、子どもたちの価値観が変わっていくのかを、常に考えています。そのためには監督の見た目も大事だと思っていて、スパイクを履いてジャージを着て、笛をピッと吹いて軍隊のようにやらせるようなことは、私は絶対にしません。少しルーズな感じにして、子どもたちに柔らかいイメージを植え付けるようにしています。

若い頃はスパイクを履いて笛を吹いて…という古い時代の指導をしていましたが、今振り返ると、すごく無駄な時間だったと思います。

後ほど詳しくお伝えしますが、中央学院のサッカースタイルを、昔の「ザ・高校サッカー」

のような蹴って走っての形から、技術重視にシフトチェンジして大きく変わったのは、見に来てくれる人の数が増えたことです。中央学院の先生方も試合を見に来てくれますし、試合会場で1試合目が終わった後に「次の試合は中央学院だから、見て帰ろう」と言っている子どもたちの姿を見ると嬉しくなります。

「中央学院のサッカーを見たい」と思ってくれる人がいるというのは、中央学院のサッカーに魅力があるということ。その意味では、うちの選手たちには「他の高校の子たちと同じ3年間を過ごしてはいないぞ」というプライドがあると思います。

また技術を重視した指導をしているので、フットサルが得意な選手も多いです。中央学院が出場した『第3回全日本ユース（U－18）フットサル大会』では、全国ベスト8に進みました。そのときの中心選手が空涼介です。卒業後はフットサル・Fリーグのバルドラール浦安に入り、U－20・U－19フットサル代表候補にも選ばれました。２０１９年時点では、東海学園大学で児玉たちとともにプレーしています。

上手い選手は試合中、むやみにボールに触らない

中央学院にコーチとして採用するのは、全員私の教え子です。理由は、サッカー観が同じ

指導者で揃えないと、指導がブレるからです。そのしわ寄せは選手たちに行きます。指導の純度を薄めたくないので、必ず教え子をコーチにしています。

サッカーは相手にボールを奪われさえしなければ、基本的に何をしてもいいスポーツです。パスミスやドリブルミスで相手にボールを渡すから、その選手の評価が下がるのです。1人の選手が1試合に20から30回ボールを触る中で、一度も相手に渡さないことが大事です。上手い選手は相手にボールを渡しません。だから私は選手に「むやみにボールに触るな」と言っています。

よく「上手い選手にはボールが集まってくる」と言われますが、それは嘘だと思います。そうなるのはチームが弱いからであって、上手な選手にボールを預けて、その選手にどうにかしてもらおうという考えを周りが持っているから、ボールが集まってくるのです。

本当に上手な選手は、ここぞというところでボールに触り、ゴールやアシストなどの決定的な仕事をします。メッシが上手なのは、FCバルセロナがメッシのチームになっているからです。そのことから考えると、ピッチに立つ11人全員を上手くしなければいけないんです。11人みんなが上手いと、メッシはそれほどボールに触らず、ゴール前のここぞという時に決定的なプレーができます。それがFCバルセロナのメッシです。アルゼンチン代表のメッシと比べると、違いがわかるのではないでしょうか。メッシに点を取らせるために、周りの選手がどう動くか。どうやってボールを動かすかを常に考えているのが、ＦＣバルセロナの強さの秘訣なのです。

日本サッカーには遊びが足りない

日本人は真面目なので、サッカーの中に遊びの要素がもう少し入ってもいいのかなと思います。そうすれば、日本のサッカーは変わる。それは断言できます。

メッシは作れませんが、いつかメッシのような選手を作りたいです。そのためにはタレントを見つけることと育てる環境が必要で、子どもたちをもっと遊ばせなければいけません。

今の日本のサッカーは、どちらかというと教えることに重きを置いていて、子どもたちを遊ばせる方向には行っていません。試合を見ても勝つことにこだわりすぎていて、空中にボールが浮いている時間が長く、見ていてワクワクしません。

遊びの要素をプレーに取り込むためには、教えてはいけないんです。小学生、中学生で、サッカーを教えている時点で間違い。「それは、チームとして勝つためにやっているんでしょう?」と言いたいです。

中学生の試合を見に行くと「こうやって守れ、こうやってプレーしろ!」と、監督さんが作戦ボードで指示している光景をよく見ます。しかし、それをしすぎてしまうと、監督のイメージ以上の選手にはなりません。それよりも私は選手たちに「お前たちはどんな選手になりたいの？」「どんなサッカーがしたいの？」と聞いて「こういう風にしたいです」と言ったら、「じゃあそれをやろう」という形で、選手の意見を引き出してあげたいと思っています。

上手な選手と1対1で対峙すると、迂闊に飛び込むとかわされてしまう雰囲気がありますよね。それがわかっているのに、監督に「プレスに行け！」と言われたら、行くしかない。それが日本のサッカーだと思います。

私は試合後に、相手チームにあいさつに行った時に、相手の選手に聞くんです。「今日の試合、楽しかった？」と。すると「悔しいです」とか「次は勝ちます」とか言うんですけど、目が死んでいるんですよね。そういう選手は、もう二度と勝てないと思います。私は市船や流経大柏に負けたとしても、「相手は強かったね」と、笑って帰って来い」と選手たちには言っています。そこでサッカー人生が終わるわけではないですから。

でも、勝負には徹底的にこだわります。一つひとつのプレーは超真剣にやる。それは常日頃から言っているからできるわけで、急に「今日の試合は遊んできていいよ」と言ったところで、選手たちは「何言ってんだ、この人？」で終わると思うんです。そこは毎日の積み重ねで、練習から超真剣に、上手くなるために取り組んできているので、試合ではリラックスして、自分たちのやってきたプレーを出すように仕向けます。練習でしっかりと取り組んできたので、試合になったからといって焦ったり、ドタバタする必要はないんです。

サッカーをしていて楽しんでいる方が勝つ

これは私の持論ですが、サッカーをしていて楽しんでいる方が勝ちます。奇跡が起きるのは、選手が楽しんでいる時です。1対2で負けていたとしても、「ここで逆転したら、俺たちかっこいいよな」と言えると、希望が持てるじゃないですか。そこでガックリきちゃったら、絶対に逆転はできません。でも「あと2点取れば、逆転勝ちできる」と思えたら、あと2点取るためにどうすればいいかを考えますよね。そこで指導者が選手を型にはめすぎると、実際にプレーしている選手たちの良い発想が出てこないんです。

例えば、ブラジルに勝つ方法は2つあります。徹底的にゴールを守って、数少ないチャンスをものにして1点を取るか、五分に渡り合う技術を身につけるか。私は、4点取られたら、5点取ればいいと思うタイプなので、選手には「ミスを恐れないでチャレンジしよう」と送り出します。ただし、ここで勘違いしてほしくないのは、環境としてはチャレンジをして、ミスをしても良いのですが、選手は、自分自身のミスを決して許さないこと。ミスをしてボールを取られたら、何が何でも取り返す。ミスをしないように、周りをよく見て、相手と駆け引きをする。それがチャレンジすることであり、何でもいいからドリブルで仕掛けることがチャレンジではありません。そこはゼロか100かではないんです。

そうやってトライして成長する中で、良い選手が出てきます。「いまは焦って攻めるときではない。しっかり守った方がいい」といったことは、プレーしている選手自身が判断すべきです。

試合は練習で取り組んできたことを試す場所

試合中、動きの量が足らなければ「足が止まっているぞ」「走って点を取りにいこう」と声は掛けますが、試合中に監督の顔色をうかがい、指示通りにプレーするようなチームは作っていません。だから、ベンチから声を掛けても無駄なんですけど（笑）。

選手が試合中、ハーフタイムにベンチに帰って来たとき、顔色を見て、何を喋ろうかなと考えます。ハーフタイムは指導者の時間です。後半の立ち上がりにもう1点取りに行かせるのか、相手の出方を見るのか。試合の流れは、ある程度大人がコントロールしてあげた方が良いのかなと思っています。

ベンチに帰ってきた選手たちの顔色を見て、ハーフタイムで何をしゃべろうか決める

試合は「試し合い」と書きます。自分がこれまで練習でやってきたことがどこまでできるか。それを発表する場が試合なので、今週1週間をどう過ごしたのか。それを見せつけてほしいです。

中央学院の選手たちは、基本的に相手よりも自分たちの方が上手いと思っています。それがあるから、相手の出方について「守備がいつもより1・5メートル前から来たね」とか「球際で30センチ、中に入ってきたね」といった話ができます。それを感じることができるようになると、相手の逆を取るために、「ボールを見ないでトラップしよう」とか、行きたい方向とは反対方向にボールを止めて、相手を食いつかせておいて逆を取るといった話ができるようになります。

そうすると、相手が余計に動かなければいけないので、その一歩が試合が進むにつれてジャブとして効いてきて、相手の体力を徐々に削ることになります。

チームスポーツにおける人間性の大切さ

試合は試す場なので、積極的にチャレンジをして、何が通用したか、しなかったのかを確認して、日々の練習でブラッシュアップしていく。それの繰り返しです。だから、試合に勝つためだけのサッカーをして、思惑通りに勝ったとしても、何も残らないので意味がありません。

中央学院は2019年度は千葉県2部リーグに所属していますが、3部リーグに落ちても別にいいと思っています。プレーしている選手たちが納得して負けて、3部に落ちるのであれば全然いい。悔しいのは選手であるべきで、指導者や保護者が悔しいとかは、正直どうでもいいんです。

試合に負けた後に、保護者が「何でうちの子を試合に出さないんですか？」などと言ってくることも、たまにはありますが、私は「あなたがサッカーをしているんですか？」と返します。「プレーするのは子どもですよ」と。自分の子どもが一番という親はたくさんいますが、あまりにもしつこい場合はトップチームの試合にあえて出して、試合を見させて「お子さんのプレーはどうでしたか？」と聞くと「いい経験をさせてもらいました」と黙って帰ります。実力が伴っていないのに試合に出しても、その選手に何一つ良いことはありません。

自分の親には都合のいいことばかり言って、指導者のことを悪く言う選手もいます。それを鵜呑みにして「うちの子はこう言っているんですけど」と言われて話を聞いたら、全然違ったり。基本的に子どもは、親には都合のいいことしか言いませんから。

中央学院からプロになった選手たちは、自分のプレーがダメで試合に出られなかったら、ちゃんと親にそう言っていました。周りの選手にも、自分がミスをして点を取られたり、負けたりしたら「ごめん」と素直に謝ります。そこでミスをした原因を指導者やチームメイトに向ける選手は、成長しませんし、プロにもなれないと思います。第一、そんな態度でいると周りが全部敵になってしまいますよね。競争社会で、毎年選手が半分以上入れ替わり、勝ち残っていかなければいけないヨーロッパや南米のような環境であれば、周りの事は関係ないという態度でもいいかもしれませんが、ここは日本です。サッカーはチームメイトと一緒にするスポーツなので、人間性も大事になりますし、周りから認められたり、「あいつのために行ってやろう」とか「あいつにボールを出してやろう」と思わせるような人間性がなければ成り立ちません。

つまらないサッカーをしたら寝る

高校サッカーは学校の部活動の一環として行っている以上、学校に応援されるようなチームにならなければいけないと思っています。部活のスポンサーは学校で、選手のスポンサーは保護者です。「うちの子が通っている学校のサッカーはおもしろい」と思ってもらいたいですし、試合を見に来る保護者が多い学年は強いです。

試合を見に来る保護者の数は、おもしろいサッカーをしているか、そうでないかのバロメーターになっています。県リーグの試合でも、見に来る人が少ないと、選手たちに「お前たちがおもしろくないサッカーをしているからだよ」と言います。「つまらない試合だったら、ベンチで寝るから。サングラスをかけたら『監督、寝たな』と思えよ」と言っています。それが監督からの指示だからと。これは選手たちをリラックスさせるジョークの意味合いもあるのですが、私がピッチサイドに出て、声を張り上げてあれこれ言うと、選手たちは力が入って、頑張りすぎてしまうんです。そうすると体に余計な力が入り、力んでトラップやボールコントロールをミスします。だから私は、ピッチサイドで大声を出して指示をすることはしません。ただ、「つまらないサッカーをしたら寝るから」と言うだけで、サッカーがガラッと変わるんです。それは高校生年代のおもしろいところだと思います。

理想の試合は、許されるのならばずっとボールを持っていたいです。そうすれば、相手に点数を取られませんよね。それが究極の理想です。本当にサッカーが好きな人は、最後はそこに行き着くのではないでしょうか。

様々なポジションで起用する

中央学院には、様々なJクラブのスカウトの担当者が足を運んでくれます。あるクラブのスカウトには、「色々なチームに行かせてもらっていますけど、中央学院には何かがあるんですよね」と言われました。

私は選手のポジションを固定せず、色々なところで起用するので、スカウトの人から「この選手は、昨日はボランチで出ていたのに、今日は何でサイドバックなのですか？」などと聞かれることがよくあります。そういう時は「今日は、ちょっと違う角度でサッカーをしてもらおうかなと思って」などと返すのですが。試合を見に来た人からは「パンフレットに書いてあるポジションはあてにならないですね」と、よく言われます。

なぜ、選手を様々なポジションで起用するかというと、与えられた場所で自分の持っている技術や判断、戦術理解などを発揮してほしいからです。

大会の登録メンバーもスタメンも当然、主力になる選手はいますが、彼ら以外は常に変えています。ポジションもボランチの選手をサイドバックで起用したり、センターバックの選手をボランチで起用したりと、複数のポジションでプレーさせます。

例えばセンターバックの選手は、基本的に自分の前方だけを見ていればいいですが、ボランチだと360度の視野で見なければいけないですよね。そういった気づきが、センターバックになった時に活きてきますし、ボランチやサイドバックの気持ちもわかるようになります。10月頃までは、フォーメーションの基本形はありますが、攻撃時のプレーエリアはそれほど固定していません。なぜかと言うと、うちは基本的にボールを保持して相手を押し込むことが多いので、サイドバックが中盤の選手を追い越したり、前線に顔を出したり、左サイドの選手が右サイドに出て行ってパスを受けて左足でシュートを打ったりというプレーが頻繁に出るので、ポジションが関係なくなってくるんです。

もちろん、ピッチ上の配置のバランスが悪いときは「バランス!」と声を掛けますが、ポジションを固定しないことによって、様々な選手の引き出しが増える効果もあります。

例えば、春先まではボランチで使っていたある選手は、体にキレとスピードが出てきたので、相手のディフェンスラインの裏へ飛び出してパスを受ける『レシーバー』としての動きに秀でたものが出てきました。そこで、ボランチからサイドハーフへコンバートすると、それまでのボランチの経験から、パスの出し手の気持ちがわかるので、良いタイミングで抜け出して、パスを呼び込むことができます。その選手は、得点を量産するようになりました。

様々な角度から刺激を与えることで、選手自身がより深く考えるようになるわけです。「なぜ監督は、俺をこのポジションで使うんだろう?」と思わせればしめたものです。

そのため、入学したばかりの1年生はカルチャーショックを受けると思います。「何を言っているんだ、この監督は？」と思うこともしばしばあるようです。そのたびに「その辺のコーチと一緒にするなよ」と言っています（笑）。

1年生は夏を過ぎるまでは『中学4年生』です。選手たちには「夏休みが終わって、ようやく高校1年生になれたな」と言っています。それまでは、1年生を呼ぶときは「中学4年生、集合！」と言ったりもしています（笑）。

選手との信頼関係の作り方

選手たちとは、普段から軽口を叩いてコミュニケーションをとっています。昼ご飯の時も寮生の食堂に行って、くだらない話をしながら一緒に食べています。

最近思うのは「トイレに行っていいですか？」と聞いてくる子が多いこと。そこで「私がダメだと言ったら行かないんだな？」と言うと、「いや、それは…」と口ごもります。いわゆる『指示待ち』の子が多いんです。「トイレに行っていいですか？」ではなくて「トイレに行ってきます」でいいじゃないかと。その姿勢はサッカーにも出ていて、「中央学院に行けば上手くなる」「コーチがきっと上手くしてくれる」という子も多いんです。上手くなるのは自分次第なので、指示待ちではなく、自分から上手くなりたいと思って、そのための行動を起こすことが大切です。だから、そうなるように1年生のときから時間をかけて話をしたり、選手同士でミーティングなどをしたり、先輩たちの姿を見せながら、意識を変えていきます。

朝顔と同じで、ぐるぐる回っていく中で、今日はこっちの方向から太陽を当ててみようかなと考えて、異なる刺激を与え続けるのが指導者の仕事です。選手たちの様子を見て、どの角度から太陽を当てるのか。その角度によって開く花もあれば、つぼみのまま終わってしまうこともあります。中央学院の練習を見ていると、選手たちに任せているように見えるかもしれませんが、実際は関わっている大人たちが「どのタイミングで声を掛けてあげるか？」「どのタイミングでチームを良い方向に持っていくか？」を常に真剣に考えているのです。

監督やコーチ、スタッフの言動から、選手たちが「自分たちのことをよく見てくれているんだ」と感じられなければ、信頼関係は生まれません。信頼関係がない中で監督が説教をするから「また監督がなんか言ってるよ」「また怒っている」となってしまうわけです。

ある大会での出来事です。初戦は5対0、2試合目は1対0、準々決勝は6対0で勝った大会がありました。1対0の試合の時、私は試合中に「（ボールを）蹴れ！蹴れ！」と選手たちに言っていました。なぜかというと、相手が前からプレスをかけてきたので、うちの選手たちがそれに怖がって焦ってしまい、ボールをただ前に蹴ってしまっていたんです。「(ボールを)つなげ！」と言っても蹴るので、「わかった。それなら蹴れ！」と言うと、つなぐようになりました。

そこで「お前ら、どっちやねん」と、笑いながら見ていました。高校生はそんなもんです。前の日はすごく良い練習ができて、「こんなサッカーが試合でできたら楽しいね。どこが相手でも勝てるだろう」という話をしていたのに、いざ試合になるとボールを蹴ってしまう。相手が「負けて元々」の精神で、「中央学院を潰してやる！」という感じでプレスに来て、その勢いに飲まれてしまったんです。1人がミスをしたら連鎖し始めて、みんなイライラして、誰も笑っていない。監督の私だけなんですよ、笑っているのは。「こんなサッカーをしやがって」と笑えてきて、最初は「ボールをつなげよ」とか「ファーストタッチの置き所がわかりやすいよ」「ボールを見ないで止めれば」とか声を掛けても、全然耳に入らない。そして開始10分頃にPKを取られて、これはやばいなと思ったら、相手が外してくれました。そこで何人かをベンチに呼んで「今はボールを持っている選手から5～7メートルぐらい離れているので、3メートル以内に近づきなさい」と言って、中盤の選手は距離感を保つようになったのですが、最終ラインの選手はまだ怖がって、ボールを前に蹴ってしまっていたんです。それを相手に拾われて、跳ね返されたボールをまた蹴るという悪循環でした。

「ボールを蹴れ！」と言うと、つなぐ選手たち

この試合の前には「いつも通り、リラックスしてプレーしよう。楽しんでやろう。ミスをしてもいい。その代わり、ボールを奪われたら真剣に取り返しに行くように」という話をして、いつも通りの雰囲気で送り出しました。しかし、ピッチに入ったら、ボールをバンバン蹴る。これにはショックを受けましたね。そこで私が「わかった。この試合はロングキックの練習をしよう。前にボールを蹴ろう」と言うと、選手たちもヤバいと思ったのか、パスをつなぐようになりました。なぜなら、そんな練習は一度もしたことがないからです（笑）。

その試合が終わった直後、私から選手たちには何も言いませんでした。いつもそうなのですが、試合の後は興奮しているので、何も言わずにさっさと切り上げます。興奮状態であれこれ言っても、右から左に聞き流すだけですし、次にもつながりません。

次の日の練習でみんなが落ち着いた状態で座らせて、「昨日の試合はどうだった？」というところから入ります。選手たちが口々に感想を言う中で、その言葉を聞いて、基本的には選手たちのやりたいようにやらせますが、中央学院のサッカーからズレることに対しては「それは違うんじゃない？」と軌道修正します。

その試合の直後は「関東大会に行きたいから」とか「試合で勝ちたい」とか、そんな言葉

ばかり出てくるので、「それもわかるけど、選手権の予選まで、あと何ヶ月あるんだ？」という話をしました。そこに向けて、今やるべきことは何だと。目先の試合に勝つためじゃなくて、成長するために練習があり、試合があるわけです。もう一度その原点に立ち返らせることをしました。

負けて恥ずかしいのは大人のプライド

選手たちは「勝ちたい気持ちが強いから、ボールを蹴ってしまった」と言うのですが、そのサッカーで試合に勝ったとしても、誰からも評価されないんです。サッカーの強い大学に行きたい、プロになりたいと思っている選手たちが、相手のゴール前にボールを蹴り込んで試合に勝って、大会に優勝したとしても、その先はありません。

そうではなくて、対戦相手に「こいつら上手いな。このチームとは二度と試合をしたくない」と思わせるようなサッカーで勝たなければ、上のカテゴリーに進んでも評価されないんです。選手たちのサッカー人生は、高校サッカーで終わりではないので、そこは忘れないようにしたいです。

当然、選手は試合に勝ちたいと思っています。その気持ちは大切です。しかし、指導者も同じように勝ちたい気持ちが先行しすぎるのは、良くないと思っています。なぜ指導者は勝ちたいと思うのでしょうか？　おそらく、褒められたい、認められたいという気持ちがあるのでしょう。でも私は、たとえ試合に勝って褒められたとしても、その先には何もないと思っているんです。

それよりも、中央学院で上手くなって大学に行き、プロになった児玉や榎本のインタビューを読んで、あいつら頑張っているなと思う方が嬉しいし、40歳になっても社会人でプレーしていたり、「フットサルで中央学院のOBとプレーしたのですが、めちゃくちゃ上手かったですよ」と言われる方がうれしいんです。試合で勝つことよりも、はるかにうれしいですね。

試合に勝ってうれしい、負けて恥ずかしいのは、大人のプライドなんです。大人がメンツにこだわっていてはいけません。プライドを捨てなければ、子どもは伸びません。彼らにはたくさんの可能性があるのですから。

教えすぎると、指導者のイメージ以上にはならない

中央学院で一度もメンバーに入らなかった選手が大学に行って、卒業後にブラジルの4部リーグのクラブと契約したことがありました。その選手は、大学でも試合に出ていなかった

ので、「そんな選手がプロになれたんだ！」と驚きました。

彼は高校には、スポーツ推薦ではなく受験して入ってきて、「サッカーがやりたいんです」というところからスタートしました。高校、大学と試合に出られなくても、サッカーを嫌いにはならなかった。私を含む指導者が、彼をサッカー嫌いにさせなかったことは、素直に良いことだと思います。

私は、選手たちに期待しているんです。最初に見たときに、「この選手はこのぐらいのレベルまでは来るかな」と、ある程度イメージしますよね。その想像を超えてきたときの喜びは、何事にも代えがたいです。「ここまで来たのか！」と、うれしくなります。

私はそれを「進化系」や「ニュータイプ」などと言うのですが、想像以上に伸びてスケールの大きな選手になった瞬間を一度でも見てしまうと、指導者は辞められません。鳥肌が立ちます。この選手は一体どこまでいくんだろうと期待してしまいますし、サッカーがすごく楽しいんだろうなと思います。

指導者がサッカーを教えすぎると、指導者の想像を超える選手にはなりません。ですが、教えすぎず、選手のポテンシャルを伸ばすような指導をすると、それ以上に伸びていくことがあります。そのためには我慢が必要です。試合でミスをしても、見捨てないこと。我慢して試合で起用し続けて、その選手が伸びた時の喜びはひとしおです。

選手を信じることの大切さ

指導者は孤独です。選手の起用や交代に関して、最後に決断するのは監督ですから。選手を代えて成功することもあれば、失敗することもあります。

２０１９年夏のインターハイ千葉県予選準決勝で流経大柏と試合をして負けたのですが、私の選手交代のミスが敗因だと思っています。選手は自分たちのプレーに自信を持っていたので、メンバーを代えずにやらせてあげれば良かったのですが、結果として後半途中からメンバーを代えたことによって、失点してしまいました。

それは私が、選手たちを信じられなかったことが原因だと思っています。プレーするのは選手なので、選手たちが楽しいかどうかが一番重要です。負けて楽しい選手はいないわけで、楽しければ勝ちたいと思うもの。試合の勝負どころでも、楽しい気持ちでやり通すだけの、トレーニングで培った根拠があればいいわけです。

ある年の高校サッカー選手権の千葉県予選で、市船相手に圧倒的にボールを保持して攻撃を仕掛けながらも、セットプレーから失点をして負けた試合があります。

それ以前の蹴って、走ってというサッカーをしていた頃は、市船と試合をするといつも3、4点は取られていました。それが技術、判断をベースとしたサッカーをするようになってから、勝つことまではできませんでしたが、ボールを保持して相手を自陣に釘付けにする試合ができるようになりました。

後はフィニッシュの精度だけ。決めなければいけない場面でシュートを外し、負けてしまったんです。1点取っていれば、試合は変わったと思います。

外から見ていて「つまらない試合だな」と思っていたら、選手たちも同じように思ってるはずなんです。「ちくしょう、俺たちまだまだだな」と思って練習に励んでくれればいいわけで、私たち指導者やスタッフは何がダメだったのかを観察して、見逃さずに声を掛けてあげればいいわけです。

保護者の方々も、中央学院のスタイルを理解してくれているので、試合に勝っても負けても「先生、お疲れ様」という感じで接してくれます。サッカーとしては、「見ていて楽しい。やっていて楽しい」という、高校サッカーっぽくはないかもしれませんが、それをモットーに真剣に取り組んでいます。スタイルとしてはボールを保持し続けること。ボールを持ってさえいれば、点を取られることはありませんから。

このスタイルを、市船、流経大柏という全国トップレベルのチームがいる千葉県で貫くのが楽しいんです。学校からのプレッシャーはありません。応援してくれていますし、好きにやらせてもらっています（笑）。

プロ選手を輩出してきたこともあり、近年は中央学院でサッカーをしたいという選手が増えてきました。ですが、グラウンドの関係上、選手を多く受け入れることができないので、学校の近くにサッカーができる人工芝のグラウンドができればいいなといつも思っています。なにせ、部室すらありませんから（笑）。

どこかのスポーツクラブが潰れて、靴箱が余っていると聞いたら、それをもらって使っていますし、学校の人工芝のグラウンドも、近隣の高校の人工芝張り替えで廃棄するという物をもらってきて、知人に頼んで敷いてもらいました。もちろんボールや外部のグラウンドを使うときの費用は学校が払ってくれていますが、他の強豪校に比べたら、手弁当も同然です。グラウンド使用についてなど、なにか良いアイデアをお持ちの方がいましたら、ご連絡をお待ちしています。

サイドバックがチームの肝

中央学院はこれといって決まったシステムでサッカーをするチームではありません。最初は守備がしやすい4−4−2からスタートして、中盤にタレントがたくさんいるときは、4−1−4−1や4−2−3−1にすることもあります。

最近思うのが、システムはどうであれ、肝になるポジションはサイドバックだということ。理想はバルセロナやユベントスで活躍したダニエウ・アウベス（ブラジル）やマンチェスター・シティのジンチェンコ（ウクライナ）です。

なぜサイドバックが肝なのかというと、現代サッカーは中央の守備は堅く、真ん中には人がたくさんいてスペースもないので、空いているサイドからゲームを組み立てることが求められます。サイドにボールを運んで、相手の守備をスライドさせておいて、人が密集する狭いエリアを作るから、真ん中のスペースが空くわけです。そのため、サイドの選手はボールがキープできて、ドリブルで運べて、密集でも奪われない技術、キックの精度が求められます。

私がサイドバックの選手に求めるのは、技術に加えて運動量が多いこと。ボールを持っていない時に、どれだけ走ることができるか。どれだけ裏のスペースに出て行くことができるか。走ってパスが出てこなかったとしても、文句を言わずに戻ってきて、またチャンスがあれば出ていく。そして、苦しい時間帯でも足を止めず、守備を徹底できること。極端な話、サイドバックが一番上手な選手でなければいけないと思います。現代サッカーはトータルフットボールですから。

大学やプロは常に、技術が高くて走れるサイドバックを探しています。だから、サイドバックで光るものを持っていれば、プロになりやすいと言えます。

名古屋グランパスの監督時代の風間八宏さんが、サイドバックに和泉竜司選手を使っていましたが、彼は市船時代、10番をつけた攻撃的な選手でした。その和泉選手をサイドバックで使ったことからも、風間さんはサイドでゲームを作ることをしたかったのではないかと思っています。サイドバックはフリーになりやすいポジションなので、ゲームを作りやすいんです。

センターフォワードに体の大きな選手を起用するイメージも持っています。懐が深くて、ペナルティエリアの中でボールを収めてくれるFWがいれば、うちの選手たちはより一層ドリブルで入って行くことができるからです。パスをはたいてリターンをもらって、ドリブルでペナルティエリアに入って行き、倒されてPKとか。FWにパスを出すふりをして、相手がコースを閉じてきたら、ドリブルでコースを作ってシュートを打つとか。「フォワードゴリゴリくん」と呼んでいるのですが、相手とのぶつかり合いを嫌がらない選手はFWに置きたくなります。

左利きを優先する

中央学院は一学年の部員数は、30人程度を目安にしています。イメージ的に千葉県内の選手15人、県外の選手15人のバランスが一番良いと思っています。県外の選手は関西出身が多いです。また私は左利きの選手が好きなので、一学年に4、5人はいます。同じぐらいの実力の選手であれば、間違いなく右利きよりも左利きの選手を獲ります。左利きの方が、ドリブルにしてもパスにしても読まれにくいですから。左利きはもって生まれた才能だと思います。

最近ではセレクションをさせてもらえるようになり、たくさんの中学生を見る機会が増えました。選手を見る時のポイントは、ボールの置き所、ボールへの触り方。あとは「ボールを奪われそうだな」と思っても、球際で足をスッと出してマイボールにしたり、キュッと方向転換をして、ボールを守ることのできる選手は高く評価します。ボールを相手に取られそうなのに、ギリギリのところで取られないというのは、相手が来るのをわかっていて、直前でプレーを変更したということです。そういう選手を見ると、うまいなぁと思います。

これは苦言なのですが、最近、中央学院に入ってくる選手は、あまりボールを触らないんです。とくに1年生のうちは「中央学院に来たら、特別な練習があって、それをすれば上手くしてくれるんだろう」という受け身の考えが見え隠れします。

1年生は上級生が試合をしているのを、座って見ているんですよ。上級生がプレーしているのを見て、参考にするのはいいのですが、ボールを触りながら見たり、リフティングをしながら見たり、チームメイトとパスや1対1をしながらでも、試合は見ることができます。それが上手くなる選手の行動なのに、最近の選手は座ったまま、友達と喋りながら見ているんです。

ボール中毒者になれ！

中央学院に来たら上手くなるのではなく、中央学院の環境の中で、もっと上手くなりたいと貪欲にボールに触る選手が上手くなるのです。そこは履き違えないでほしいと思います。監督が上手くしてくれるのではなく、与えられた練習をすれば上手くなるわけでもありません。上手くなるのは自分なんです。

中学時代に少しばかり上手くても、高校で伸びない選手はこのパターン。つまり、ボールを触らなくなる選手です。その割には「プロになりたいんです」と、平気で言う。でも、その状態では絶対にプロにはなれません。サッカーが好きで、もっと上手くなりたいと、暇さえあればボールを触っている選手でないと、プロにはなれないんです。榎本や児玉はまさにそうで、彼らは「ボール中毒者」でしたから。

全員がサッカーが好きで、暇さえあればボールを触っている集団は、何も言わなくても作れるんだと思っていたのですが、そうではないんだなと。いまの子どもたちは、指示を待っているんだなと感じました。だから、そこに対するアプローチは、こちらも進化していかなければいけないと思っています。

監督が教えなければ選手は伸びる

若い先生に「どうすれば、中央学院のようなサッカーができるんですか？」と聞かれるのですが、そのたびに「監督がサッカーを教えなければいいんですよ」と言っています。まずは、選手たちのプレーを見て、彼らから教わること。これが大切です。

選手たちが好き勝手にプレーして、10対0で負けてもいいんです。そこで選手たちが「くそ！」と思って、考えるきっかけになれば。強い相手とサッカーをして「レベルが違うな。こんなチームがいるのなら、自分はサッカーは無理かもな」と思うのか、相手は上手かったけど、もっと自分も上手くなって、また試合がしたいなと思うのか。その2つしかないと思います。

全国大会に出る48校以外は、県大会のどこかで必ず負けるわけですし、選手たちに「頑張れ！」と言ったところで、もうすでに彼らは頑張っているんですよ。指導者ができるのは、頑張る矢印をどこに向けるのか。その方向性を示してあげることです。そのために大切なのは「サッカーをしていて楽しい」「もっと上手くなりたい」という気持ちに火をつけてあげること。

学校の授業が4時間目、5時間目と進むにつれて「部活に行きたくないな」と思うのか「早く授業が終わって、部活にならないかな」と思うのか。「部活に行きたくない」と思わせたら、指導者の負けなんです。高校時代の自分はしょっちゅう休みたいとか、雨降らないかなと思っていました。駐車場に監督の車がなかったら「今日は監督いないの⁉」とテンションが上ったり（笑）。そうなった瞬間に、上手くなりたいという気持ちが違うところに行ってしまうんですよね。雨が降って練習が中止になったら、「なんだよ」と落ち込んで、「自主練して帰ろう」となれば、おのずと上手くなっていきますから。もちろん「この一ヶ月、がんばったから、今日はサッカーから離れよう」でもいいと思います。

とにかく選手たちに、サッカーを好きになってもらいたいんです。極端な話、中央学院から何人Jリーガーが出たうれしさよりも、たった1人の選手に、「中央学院に来て、サッカーが嫌いになった」と言われて辞められる方が、ショックが大きいです。そういう子が1人でも出たら、もっとこういう風に接してあげればよかったなとか、この学年はもっとこうすべきだったなと考えます。

プレーするのは選手であって、監督ではない

他のチームの指導者を見ていると、「選手に教えすぎじゃないか」と思うことがあります。挙句の果てに、自分の思い通りのプレーをしないと怒り出す。これでは、選手はたまったものじゃないですよね。気持ちが相手チームではなく、自分のチームのベンチに向いてしまいます。

私もたまには試合中に声を上げることもありますが、基準がちゃんとあるんです。「お前がいつもやっているプレーじゃないじゃん」という理由で怒ります。ダイレクトパスが苦手なのに、なぜするのか？　ミスする可能性が高いのだったら、コントロールしてから蹴ればいいじゃん。そこで色気づいてダイレクトでプレーするから、怒るんです。

試合会場などで、他の指導者のコーチングを見ていると、「もっと選手から教わればいいのに」と思うことがたくさんあります。

公式戦で対戦した、あるチームの話です。試合中、タッチライン際でずっと指示を出し続

けている監督がいました。まるでテレビゲームをやっているかのように、声で選手を動かそうとしていました。

中央学院がボールを持って一方的に攻めて、そのチームは防戦一方。すると、夏の暑い日の試合だったので、相手のセンターバックの選手がふらふらし始めました。どう見ても熱中症です。そこで私がベンチからレフェリーに向かって「プレーを止めさせたほうがいい」と言いました。前半15分、スコアは0対0です。相手の監督はそこで「いや、大丈夫です」と言って交代させようとしません。そこで私は「いや、大丈夫じゃないでしょ。下手したら死ぬよ！」と言ったのですが、中央学院相手に0対0で拮抗しているから、守備の要の選手を外したくはないのでしょう。完全に間違った考えですよね。

結局、その試合は5対0で勝ちました。試合後、うちの選手たちはベンチから試合を見ていて、「俺、絶対にあんな高校には行きたくない」と口々に言っていました。ベンチから監督があれこれ言いすぎ。しまいには熱中症の選手を交代させない。監督がサッカーをしているのか、子どもたちがサッカーをしているのか、そこをよく考えた方がいいと思います。監督が言いすぎると、その正解を実行しようとしすぎるあまり、選手たちに考えがなくなってしまうのです。

高体連に登録しているチームはおよそ４７００。その中から冬の高校選手権に出られるのは、たったの48校しかありません。それ以外の４６５０校は、全国大会には出られません。確率的にはものすごく低くて、大多数のチームがどこかで必ず負けます。もちろん、市船や流経大柏、青森山田や東福岡、前橋育英（群馬）といった名門であれば、勝たなければいけない宿命があり、そのために選手を獲得し、強化にお金を使っています。そういうチームが勝ちにこだわるのはわかります。でも、そうではないチームが勝つことにこだわり、選手が上手くならず、プレーしていても楽しくない。結果、試合にも勝てないという、悲惨な3年間を過ごして、選手たちは満足なのでしょうか。はたして、サッカーが好きになって卒業することができたのだろうか？　と疑問に思っています。大会に勝つのは運が良くてとか、その年の選手たちが持っているものを全部出せてとか、いろんな要素が重なって、たまに勝てればいいいんです。

若い指導者は遠慮せずに交流しよう

若い指導者がグラウンドで試合を見て、熱心にメモを取る姿を見かけることがあります。正直なところ、外から見て何がわかるのかな？　という気がします。

私が若い頃は市船に布啓一郎（現・ザスパクサツ群馬監督）さんがいたので、「ご飯食べに行きましょうよ」と誘って、「なんでお前と行くんだよ。嫌だよ（笑）」などと言われながらも、一緒に行動をさせてもらっていました。やはり全国レベルの指導者の人たちは、見えている世界が違います。グラウンドの現象だけを見て真似しようとしても、絶対真似できないんです。

だから、あの人たちはどういうところを見ているんだろう？と、必死になって近くに行って質問をしていました。私はこういう風貌なので近寄りがたいかもしれないですが、ぜひ若い人にもっと積極的に来て欲しいと思っています。「どんな練習をしているのですか？」と聞かれたら「週に5日はボールを使わないで素走り」とか答えてしまいますが（笑）。

全国優勝を何度も成し遂げている市船、流経大柏の活躍もあり、千葉県は「サッカー王国」と言われています。ですが私としては、危機感を持っています。流経大柏の本田裕一郎監督もすでに70代ですし、市船の朝岡隆蔵監督もジェフユナイテッド市原・千葉のU－18に移籍しました。２０１９年度のインターハイでは日体大柏が初優勝しましたが、そういうチームがどんどん出てきてほしいと思っています。30～40代前半の若い指導者が出てこないと、千葉の高校サッカーは衰退していくのではないでしょうか。その危機感もあり、若い指導者とともに切磋琢磨していきたいと思っています。

練習は自分のため、試合はチームのため

試合はチームとして上手くなるためにやるもので、自分が上手くなるための取り組みは練習ですべき。そこの線引きを間違えてはいけません。トップチームは、控え選手の想いも背負って試合に出るのですから、勝敗も大切です。ただし、繰り返しになりますが、勝つことだけを目的に試合に取り組むことはほとんどありません。優先すべきは、試合の中で選手が成長すること。試合はそのためのツールだと考えています。

1年生、2年生には「練習は自分のために、試合はチームのためにやろう」と言います。練習中に「頑張ろう」「声出そう」などと言うチームもありますが、それは必要ないんです。自分のためにやるのが練習なので、心の中でそう思っていればいいわけですから。

日本に4700校近くある、全国大会に出られないチームの指導者が考えなくてはいけないのは、「選手たちは高校3年間、サッカーをやって楽しかったのか?」ということです。まずはそれが一番大事で、辛く、苦しい3年間には何も残りません。それどころか「サッカーはもういいや」とサッカーから離れてしまう原因にもなります。

3年生最後の試合で、負けたらみんな泣きますよね。その涙の意味は「これ以上みんなと一緒にサッカーができない」という寂しさから来るものだと思います。「3年間やりきった」

とか「もっとやりたかった」と思って泣ける選手は、すごく恵まれているというか、良い指導者のもとでサッカーができたんだなと思います。

私は、3年生が最後の大会で負けた後に泣いている姿を見ると「なんで泣いてるの？」と言います。感情的にはもちろんわかるのですが、試合自体は完敗だったりするわけです。「相手の守備を破れなくて負けたんだから、悔しがろうぜ。帰って練習しようぜ。ここでサッカーは終わりじゃないだろ？」って。その方が絶対に成長します。

高校サッカーがすべてではありません。中央学院の選手たちは、将来プロサッカー選手になることを目指しているので、怪我をしたからといって、注射を打ってでも試合に出る必要はないんです。私としても「燃え尽き症候群」だけはやめてほしいと思っています。実際に、卒業生の3分の2は大学でもサッカーを続けます。

指導者が教えるのではなく、選手と一緒に作り上げる

指導者になる人は「サッカーを教えたい」という気持ちから、指導の道に進む人が多いと思います。ですが、考え方を変えてください。指導者が教えるんじゃないんです。選手たちと一緒にそのチームのサッカーを作り上げるんです。子どもたちは、魅力あるサッカーをす

る能力を持っています。それなのに、指導者が絵を描いてしまってはいけないんです。絵を描くのは選手たちです。だから、指導者が青と思っても、選手たちが赤だと思ったら、赤でいいんです。実際にやるのは選手たちなのですから。

彼らから選択する権利を奪ってはいけません。指導者が「俺がチームを勝たせてやる」と思っちゃダメなんです。

全国大会出場を義務づけられている強豪校以外の４７００校の人たちが、「高校年代の指導に何が大切なのか」に気がつくと、高校サッカーは変わると思います。

こんな出来事がありました。ある年の、高校サッカー選手権の一次予選で対戦したチームの話です。中央学院のことをすごく研究してきたんだなというサッカーをして、開始15分まではしっかり守っていました。しかし、ボールはずっと中央学院が保持しているので、点を取られるのは時間の問題です。相手チームの監督さんは声を枯らして指示を出しているのですが、選手たちの目を見ると死んでいるんですよね。その姿を見たときに、この選手たちは高校3年間のサッカーについて、どう思っているんだろう？　と思いました。というのも、彼らの全員がプロになれるわけでもないですし、多くの選手が高校卒業と同時にサッカーを辞めてしまうと思います。

楽しそうにプレーしていない彼らの様子を見て、かわいそうだな。サッカーはもう辞めちゃうんだな。もったいないなと思いました。

　指導者がやりたい、表現したいサッカーを選手たちにさせるのも、いいと思うんです。でもそのために、選手たちを「サッカー嫌い」にさせてはいけない。そこは絶対に間違えないでほしいと思います。サッカーが好きだったら、選手たちは勝手にボールに触るし、自主練もします。その環境を作ることが、指導者の大切な仕事の一つなんです。

　ジュニアやジュニアユースの指導者の方へアドバイスをするならば、あまり教えすぎないことですね。指導者が「この状況では、こうしなければいけない」と言うと、それが子どもたちのすべてになってしまい、考えが凝り固まってしまいます。高校に入学してくる選手たちから、その呪縛を取るのには結構時間がかかるんですよね。ちょっと、教えすぎなのではないか？　という気もします。

第2章
『古き悪しきスパルタ指導』からの脱却

某強豪高校でコーチをするつもりが、中央学院の教員に

私が中央学院の教員になったのは、23歳の時です。仙台大学を卒業して、中央学院に赴任しました。いまでも忘れません。初日にグラウンドに行くと、部員がたったの3人しかおらず、女子マネージャーが12人いました。やけに女子が多いので、「あの子たちは何だ?」と聞くと「マネージャーです」と言うので、驚いた記憶があります。

中央学院は野球部が強く、当時はグラウンドの大半を野球部が使っていました。そして、野球部の隣はラグビー部が使っていて、サッカーゴールは倒れたまま、グラウンドの隅っこに置いてありました。

サッカー部のボールすらなく、個人持ちだったので、バラバラのメーカーのものを使っていました。

私がグラウンドに行くと、倒れたゴールの横で選手3人がボールを蹴っていて、その姿をマネージャーが足を組んで、椅子に座って見ていました。なんだ、この光景はと驚きましたね(笑)。

グラウンドに行って、「3年生は何人いるの?」と聞くと、「8人です」と。2年生も8人いて、1年生が私と一緒に入学する時期だったので、最初は2、3年生の16人だけ。数日す

ると1年生の入部希望者が来て、3学年が揃いました。教員になったばかりの、血気盛んな私は2、3年生に言いました。

「今日から俺の言うことを聞いて練習をするか。それとも、6月のインターハイ予選までは、お前らの好きなようにやるか。今決めろ！」

そして、こう付け加えました。

「その代わり、1年生は俺が見るから。2、3年生は練習のスペースを自由に使っていいぞ。でもインターハイが終わったら、全員サッカー部を辞めなさい」

そうしたら、その場で2人が「じゃあ辞めます」と言ってグラウンドを去り、14人が残りました。残った選手に「明日から俺の言うことを聞いてやるんだな」と聞くと、全員がうなずくので、そこから中央学院サッカー部の歴史が始まりました。

いまでこそ私は中央学院の教員ですが、もともとは千葉県にある某強豪校でサッカー部のコーチをやる予定だったのです。

その頃、私は私立高校の非常勤に登録をしていたのですが、ある日電話がかかってきて、「○○高校と中央学院高校が教員を募集している」と連絡を受けました。面接に行くと、両方とも「サッカー部の顧問がいないので、サッカー部を見てくれますか？」と言われました。

そこで一度、部活を見に行ったのですが、○○高校には部長先生がいて、県大会にも出場するレベルでした。次の週に中央学院を見に行ったら、部員が3人しかいなくてマネージャーの方が多い。その光景を見た瞬間に「ここだ！」と思いました。家に帰って中央学院の成績を調べてみると、千葉県の大会に出ていないことがわかりました。大会登録すらしていなかったんですね。

なぜ、中央学院を選んだのかというと、一番の理由が「自分の好きなようにやれるから」でした。ゼロからのスタートだったので、これ以上落ちることはないだろう、なんとかなるだろうと思ったんです。当時、もう一方の高校を選んでいたら、今の私はきっとなかったでしょうね。

もともと私は、子どもの頃から友達を仕切るのが好きで、いわゆる『お山の大将』でした。周りの子どもたちを集めてサッカーをしたり、野球をしたりするのが好きだったので、いちから自分で全部できるということに、喜びや楽しさを感じていました。当時の中央学院には部員も揃っていませんでしたが、ネガティブな気持ちにはならなかったですね。なんとかなると思っていましたし、全部自分の思い通りにできることに対するワクワクの方が勝っていました。赴任当初、「どこで指導しているの？」と聞かれて「中央学院です」と答えると、ほぼ全員に「中央学院ってどこ？」と聞かれましたから（笑）。

最初の試合は人数が足りずに不戦敗

中央学院サッカー部の監督になった初日。入学式を終えてグラウンドに行き、部員の1人に「来週、地区大会があるって聞いたんだけど、うちは出るの？」と聞いたら「わかりません」と言うので、顧問の先生に尋ねたところ「大会登録の手続きなどは私がやりますので、地区大会に出ましょう」と言われました。

そこで翌週、試合会場に行くと、顧問が寝坊してグラウンドにいないんです。メンバー表もなければ、部員も8人しか来ておらず、ユニフォームは7枚しかありません。ただ、マネージャーは10人以上来ていました。（当時マネージャーは必要なかったので、1週間後に全員辞めてもらいました）。

とにかくひどい有様だったのですが、私は千葉県の教員のサッカーチームに入っていて、同級生が大会運営本部にいたので、「記録上は不戦敗で構いませんので、せっかく来たのだから、僕が入って9対11で試合をしませんか？」と提案して、試合をしてもらいました。

当時の僕は結構動けていたので、選手の誰よりも上手かったんです。一緒にプレーをしてから「この新しい先生、やるじゃん」と、子どもたちの目の色が変わったのを覚えています。

強豪相手に1対18でボロ負け

忘れもしない、1年目の高校サッカー選手権の千葉県大会予選。強豪の専修大学松戸高校に1対18で負けました。1試合目でシード校を倒して、勢いに乗って戦った専大松戸戦でしたが、前半が終わって9対0。ハーフタイムに、選手たちは泣きながらベンチに戻ってきました。そこで私は「後半は何点取られてもいいから、1点取りに行こう。1点取ったら、半年後の新人戦までには専大松戸に勝てるようにしてやるから」と言いました。

そうしたら、1点取ったんです。会場から大きな拍手が沸き上がりました。ですが、1対18の大差で負けて終わった瞬間、大会本部の人や恩師から「ふざけてんのか。こんなに大差がついた試合は、千葉県ではしばらくなかったぞ。ちゃんと指導しているのか！」と詰められたんです。でも、半年後に専大松戸と県大会で対戦した時には4対2で勝ちました。そうしたら子どもたちはいよいよ僕の言うことを聞くようになりますよね（笑）。

そこからはスクールウォーズの世界です。部員が18人いたのですが、練習の厳しさについていけずに13人に減りました。いま振り返ると、サッカーを嫌いにさせてしまったので、本当に申し訳なかったと思います。当時の僕は必死だったので、その過ちに気がつかなかったんです。

中央学院サッカー部の歴史を語るにあたって、欠かすことのできない選手がいます。それが、中央学院で長くコーチをしている田中康之です。

彼は茨城県県南地区の強豪・愛宕中学校出身で、当時私のクラスの生徒の父親が、茨城県で熱心にサッカーを指導されている人でした。

「愛宕中に田中という良い選手がいるから、見に来ませんか？」と声をかけてもらい、学校に行ってみると、田中のほかにも良い選手がたくさんいました。

全員、来てほしいと思うほどの逸材揃いだったのですが、当時の中央学院にはスポーツ推薦の枠がありません。私には、選手たちに「中央学院を受験してください」と言うことしかできませんでした。

どうにかして、彼らに中央学院に来てもらえないかと考えた私は、愛宕中学校と練習試合を組んでもらいました。当時は立ち上げ2年目で、戦力として十分ではありません。そこで私が選手として一緒にプレーすることで、「この人にサッカーを教わりたい」と思ってくればいいなと。そうしたら田中が「中央学院に行きたい」と言ってくれたので、愛宕中を中心に県南地区の中学校の選手も次々に来てくれるようになりました。

その中にいたのが澤昌克です。田中、岩島修平（中央学院コーチを経て、國學院栃木高校コーチ）、澤と、愛宕中からエース級の選手が毎年来てくれて、中央学院の礎を築くことが

中央学院サッカー部にとって、欠かすことのできない選手でもあった田中康之。現在はコーチとして私の考えを一番理解してくれている右腕的存在

できました。彼らがいなければ、いまの中央学院はありません。

田中は中央学院卒業後、仙台大学に行き、指導者として戻ってきてくれました。私の右腕として、16年間コーチをしてくれています。私の考えを一番理解しているのが田中です。彼には感謝しかありません。

当時の指導といえば、何かしら理由をつけて選手を走らせていました。技術がないのだから、相手チームに走り勝って、セカンドボールを拾って攻撃するしかないだろうと考えていたのです。

「走り勝つことがすべて」という、今と百八十度違う価値観で指導をしていたので、サッカーを教えた記憶がありません。ドリブルの練習にもまったく興味がなく、ロングキックを相手陣地に蹴って、前にいるターゲットマンが競り合ってこぼれ球を拾い、最終ラインを上げて相手陣内に入っていくという、いわゆる昔の高校サッカーをしていました。チームにタレントがいなかったので、それしか戦う術がなく、一番負けにくく勝ちやすいだろうという考えから、そうしていました。「負けないためには、相手陣地にボールを蹴ればいい」という、今考えると笑ってしまうような理屈なのですが、当時の私はそのサッカーをするために、必死に選手たちを走らせていました。その時は彼らを上手くしてやろうではなく、試合に勝たせようと思っていたんですね。自分もサッカーを全然知らなかったし、上手くさせる方法がわからなかったんです。だから安易に、蹴って走るという方法に出たんだと思います。

サッカーの前に生活態度を指導する

当時の習志野高校の監督は本田先生で玉田圭司選手（V・ファーレン長崎）などがいて、テクニックに優れたサッカーをしていました。「どういう練習をすれば、習志野みたいに全員が上手くて、見ている人が面白いと感じるサッカーができるんだろう?」と思って、習志野の試合を見ていました。

中央学院の監督になったばかりの頃、本田先生に「どこも練習試合をしてくれないんです」と相談をしに行ったら、「じゃあ、やってやる」と言われて、初の練習試合を習志野高校とやらせてもらうことになりました。こっちは3年生で、相手は1年生でしたが、本当にうれしかったです。

当初の予定では、30分の試合を6本やることになっていました。でも、2本目の途中に本田先生が中央学院のベンチに来て「濱田、もういいか」と言われました。「これじゃあ練習にならないから、切り上げよう」と。

その時に本田先生にこう言われました。「サッカーを教える前に、日常生活の部分をちゃんとやれ」と。当時の中央学院にはやんちゃな子が多く、ビーチサンダルでグラウンドに来たり、茶髪の子がいたんですね。「こんな格好でグラウンドに来て、恥ずかしいと思わないのか」と。それを期に、チームのルールを作っていきました。ただ、サッカーの内容は相変わらずで、蹴って走って、負けないためのサッカーをしていました。

そのスタイルで数年後、千葉県でベスト4まで進みました。そのチームから、後にプロになる選手が2人（澤昌克、冨山達行〈ベルマーレ平塚→ガイナーレ鳥取／2011年度引退〉）いました。彼らからすると、当時はサッカーがまったく面白くなかっただろうなと思います。出たのは結果だけでしたから。

余談ですが、当時のメンバーは本当にすごい選手が揃っていて、今でもスタメン全員の名前を言えるほど、私が指導した中で最強のタレント集団でした。当時のメンバーで、今の中央学院がやっている技術を主体としたサッカーをしたら、すごいことになっていたと思います。

自分が受けてきた指導が正しいと思っていた、駆け出し時代

指導者として駆け出しの頃の私は、選手の技術の低さ、自分の指導力のなさを、走らせることで補っていました。今ほど情報がなく、手探りでやっていたので、自分が中学、高校、大学とやってきた練習、受けてきた指導が正しいと思い、「俺が高校生の時はこのぐらい走ったんだ」といった形で、選手たちにそのままやらせていたのです。

高校時代の自分よりも走らせれば、勝てるようになるだろうと思い込んでいたので、「中央学院は千葉で一番ではなく、全国で一番走るチームになろう」と、言っていました。当時の自分を振り返ると、どうしようもない馬鹿だなと思います（笑）。でも25年前の自分は、本気でそう思っていたんです。「今日は学校の外の、どこを走らせようかな？」みたいなことを、毎日考えていた記憶があります。

トレーニングのアプローチがとにかく「走る」だけで、練習でボールなんか使わずに、「俺たちは走って勝つんだ」という、今振り返ると、考えられないことをしていました。

初めて中央学院からプロになった澤昌克の代は、選手たちを走らせておいて、私が忘れて家に帰ってしまい、夜の8時頃に思い出して「まだ走ってるんじゃないか」とグラウンドに行くと、案の定走っていました。「帰ろうと思わなかったのか?」と聞くと、「先生が、どこかで見てるんじゃないかと思ったので…」と言っていました。当時はゴールポストからゴールポストまで走って、ハーフウェーラインを回って戻ってきてまた走るというのを延々とやっていたんです。今考えると、恐ろしいですよね。

その指導でサッカーはまったく上手くならなかったけど、試合には勝つようになっていたわけです。ただ、サッカー的な技術や面白さは、そこには一切ありません。基本的に相手の長所を潰すサッカーなので、ボールを蹴って走って、相手に体をぶつけてセカンドボールを拾って、また前に蹴ってという感じでした。そこに技術はいらないんです。必要なのは根性と気力です。だから、雨の試合やグラウンドコンディションが悪い時の試合は、特に強かったですね。いつも以上に蹴って走って、体をぶつけてというスタイルがハマるので。

中央学院に行くと、選手が潰されるという噂が広まる

当時の私には、自分の指導で子どもたちを上手くするという考えはなく、「本田先生の習

志野は、もともと上手い選手が集まっているので、あのような華麗なサッカーができるんだろう」と思っていました。そこで「どうやったら習志野のような、上手い選手を倒せるのか」「うちのチームが勝つには、どうすればいいのか」と思った時に、「子どもたちを上手くすればいいんだ」という発想にはならなかったんです。

当時の自分は、選手たちの顔をしっかり見ていなかったんだと思います。今は選手の顔を見て、「この選手はこういうタイプだな」と考えますし、一人ひとり個性が違うので面白いのですが、昔の自分の指導は全員を同じラインに乗せて、走れるか、走れないかで試合に出る、出ないを決めていました。サッカーの技術力なんて、一切関係ない。とにかく走れる選手が試合に出ていました。

そんな指導をしていると、ある噂が広まって行きました。「中央学院に行ったら、選手が潰されるぞ」という噂です。そして、選手が来なくなりました。

当時の教え子に、今は栃木県で高校サッカーの指導をしている岩島修平がいるのですが、試合で動きが悪く、開始5分で変えたんですね。10番をつけた中心選手の体たらくに業を煮やし、「グラウンドの脇を走ってろ!」と、懲罰的な交代をさせました。

当然、彼は言われた通りにします。すると、グラウンドの脇で倒れたんです。これは一大事だとなり、救急車が来ました。母親に連絡すると「実は今朝、熱が40度あったんです」と言われました。今だったら絶対に試合に出さないし、そもそも試合会場まで来させませんが、当時の私はスパルタだったので、選手や保護者も「熱があるので休みます」と言える雰囲気ではなかったのだと思います。本当にどうしようもない指導者ですよね。

そのような指導をしているから、中央学院に選手を送りたいという中学校やジュニアユースのクラブがどんどんなくなり、卒業生もグラウンドに顔を出すことはありませんでした。スクールウォーズ的世界観の指導を続けた結果、気がついたら周りに誰もいなくなっていました。それでも、当時の私には望みがありました。その指導スタイルで千葉県ベスト4に入ったので、このままやっていればいつかきっと全国に行けるだろうと思っていたのです。指導者を始めて4年目、26歳の頃でした。

選手が集まらず、試合にも勝てない暗黒時代

当然のことながら、選手が来なくなるとメンバーもそろえられず、試合にも勝てなくなっていきます。そこで初めて気がつきました。「このままの指導スタイルを続けていてもダメだ」と。そこから3年間は模索する日々でした。部員も12、3人程度に減り、中学校の先生に「中央学院を受験する生徒さんはいませんか?」とお願いしに行っても、「お前のところに行か

せると、選手を潰すから」と、はっきり言われたこともありました。

中央学院がある我孫子市には、全国大会で優勝したことのある強豪中学があります。その中でもレギュラークラスは市船や習志野、八千代などに進んでいました。中学校の先生にあいさつに行くと「中央学院は推薦の枠もないのに、なんで来たの？」と言われたこともありました。

そんな状況の中で、毎回夏の全国中学校総合体育大会の予選に飲み物を持って顔を出したり、頼まれてもいないのに審判を買って出たりする中で、ようやく中学校の先生たちに受け入れてもらえるようになりました。それと同時に、武南高校（埼玉）の大山照人《てるひと》先生や暁星高校（東京）の林義規《よしのり》先生、鎌倉高校や逗葉高校（神奈川）にいた小柴健司先生など、高校サッカーの名将と言われる方々に可愛がっていただき、一緒にフェスティバルに参加させてもらったこともありました。

そのようにして指導スタイルを模索しながら、暗闇をさまよう中で、県大会に出場する前の地区ブロックで負けることが2年ほど続いた時には「中央学院は終わったな」と、多くの人に言われ、自分もさすがにもう無理かもしれないと思いました。それが、30歳の時でした。

その頃、中央学院の生徒募集が定員割れを起こしたので、サッカー部に推薦の枠が回ってくることになりました。そこで校長に「グラウンドにナイターをつけてほしい」とお願いしました。そして、野球部のフェンスを取って、グラウンドの半分を使えるようにしてもらい、砂も変えました。それが2001年の頃です。

初めてスポーツ推薦で選手を取れることになり、どうしたらいいかを考えていると、教え子の顔が頭に浮かびました。現在は和歌山にある『カナリーニョFCリオ』というジュニアユースのクラブで監督をしている渡辺慎二です。彼は私が中央学院の教員になり、担任を持って初めて卒業した年の生徒で、千葉県柏市のクラブチームでコーチをやっていることは知っていました。それが『カナリーニョFC』というクラブです。

指導者人生を変える出会い

渡辺がコーチをしていた、カナリーニョFCの監督が村田信行でした。彼は私の1学年下で、名波浩さんたちと一緒に、ユース代表で日の丸をつけていた選手。サッカーがとにかく上手で、同世代では知らない人がいない存在でした

村田は中京大学卒業後、JFLの東芝やコンサドーレ札幌、ブレイズ熊本でプレーし、現役を引退して柏にある中古車販売の会社で営業をしていました。その会社の社長がカナリーニョのオーナーで、村田に「サッカーをしていたんだったら、指導をしてみないか」と言っ

て、コーチもすることになったのです。

当時、柏のカナリーニョにいた、教え子の渡辺が「村田さんに会ってもらえませんか」と言うので、紹介してもらうことになりました。今振り返ると、村田との出会いが私の指導人生と、中央学院にとってのターニングポイントになったと思います（ちなみに村田は2019年時点、流通経済大学女子サッカー部の監督もしています）。

当時のカナリーニョには小学生のチームしかなく、中学生のチームも作りたいという話が出ていました。中学生の場合、学校が終わってから練習をするとなると、夕方から夜のスタートになり、ナイター施設がある場所でないと練習ができません。クラブチームは学校とは違うので、自由に使えるグラウンドがなく、公共施設を確保することもできない状態でした。その話を聞いて、中央学院には小さいながらもグラウンドがあるので「一緒にやろう」という話になりました。

時を同じくして、サッカー部が推薦入学の選手を取れることになっていたので、部員数の増大に伴い、非常勤講師を1人雇うことができるようになりました。そこで村田を非常勤という形で雇用し、サッカー部の指導を手伝ってもらうことにしました。

村田が中央学院のコーチとして入ったことで人脈が広がり、出会う人の数もどんどん増えていきました。村田がいなければ、今の自分はない。そう断言できるほど、大きな出会いでした。

カナリーニョは、かつて柏レイソルにいたカレッカが作ったクラブです。ブラジル代表のユニフォームはカナリア色で『カナリア軍団』と言われていますよね。『小さなカナリア軍団』という意味で、カナリーニョという名前が付けられたようです。

ちょうど私がサッカースタイルや指導方法を変えなければいけないと思っていた時期に村田に出会ったので、今思うと運命的なものを感じます。

村田は愛知県の強豪・日比野中学校出身です。中央学院のOBが多く進学している東海学園大学の安原成泰《なりやす》監督とも、村田の縁で繋がりました。指導スタイルを作り上げていく中で、影響を受けた人の多くが村田を介して出会った人たちでした。

井田勝通監督の衝撃

それまでの蹴って、走ってのスパルタサッカーからの脱却を目指していた私ですが、どのように指導すれば選手を上手くできるのかがわかりませんでした。そこで村田に「自分は教えられないから、村田が中学時代にやっていた練習をやってよ」と言うと、「わかりました。では週に2、3回、私がトレーニングします」という話になり、村田の指導がスタートしました。

村田はユースの日本代表に選ばれたほどの選手なので、とにかく技術が高い。自分がプレーをして、こうすればいいんだと見本を見せることができるのです。コンサドーレ札幌時代には、アルシンドと一緒にプレーした経験もある選手だったので、とにかくサッカーが上手かったんです。

するとしばらくして、村田から「神奈川にエスポルチ藤沢というクラブがあって、広山晴《はる》士《お》という人がいるんだけど」と紹介してもらいました。広山さんは静岡学園出身で、技術指導に定評のある指導者です。多くの指導者が彼のもとにサッカーを学びに行き、そのエッセンスは各地に広がっています。中央学院でも、広山さんに教えてもらったリフティング練習を取り入れています。

さらに、村田に「技術重視のサッカーをするのであれば、井田さんにも会った方がいいよ」と言われて、当時、静岡学園の監督として有名だった、井田勝通《まさみち》さんを知人を介して紹介してもらうことができました。

井田さんは、私がサッカーを指導する上で、大きな影響を受けた恩師の1人です。

忘れもしない試合があります。韓国に一緒に遠征に行かせてもらった時に、静岡学園と蔚山現代《ウルサンヒョンデ》ユースが決勝戦で試合をしました。開始直後に蔚山現代が1点を取ったのですが、静岡学園の選手たちが口々に「みんな、ちゃんとやろうぜ」と言い出して、そこから本気を出したのか、キックオフから一度も相手にボールを触らせないうちに点を取り、終わってみれば大差で勝った試合がありました。

その試合の衝撃と、中央学院が静岡学園と練習試合をした時に10点取られた衝撃とが相まって、井田さんに「静岡学園のようなサッカーをするにはどうすればいいんですか？」と聞いたところ「一度グランドに遊びに来い」と言われ、すぐに伺ったら「なんだ、本当に来たのか」と言われ、可愛がってもらうようになりました。

私が各地の名将と呼ばれる方々に良くして頂いたのは、恩師の影響もあります。習志野高校が高校サッカー選手権で初優勝したときの監督が西堂就《にしどうたかし》先生で、その方の息子（晴男）さんが、私の高校時代の恩師なんです。それもあって、「西堂晴男さんの教え子ね」という感じで、帝京高校（東京）の古沼貞雄さんや井田さんから、可愛がって頂きました。

今の若い指導者の方にアドバイスをするならば、自分が「このサッカーはすごい」「この監督すごいな」「こういう指導者になりたい」と思う人がいたら、遠慮せずに飛び込んでいくべきだと思います。色々な方の教えを聞いて、最終的に自分に合うものをチョイスすれば良いと思っています。

岩谷篤人さんとの出会い

村田や広山さん、井田先生を始めとする指導者と出会い、技術重視のサッカーにシフトチェンジしていきました。蹴って走ってのスパルタサッカーから、１８０度方向転換したわけです。練習にリフティングやドリブルを取り入れ、走ってばかりだったところを、ボールを使った練習ばかりになりました。スタイルを変えたことで、少しずつ選手が集まり始め、試合でも結果を残せるようになりました。

私は多くの方から影響を受けてきましたが、近年もっとも衝撃的な出会いが、野洲高校（滋賀）のコーチとして高校サッカー選手権で優勝された、セゾンＦＣ創設者の岩谷篤人さんです。野洲高校が高校サッカー選手権で優勝する前から、山本佳司監督とは知り合いだったのですが、野洲にセゾンＦＣ出身の選手がたくさんいるので、「このセゾンって何なんですか？」と聞いたら、「岩谷さんという人がいて――」と、名前を聞いたのが最初でした。そこで山本さんに「岩谷さんに会いたいんですけど」と言うと「別にいいけど、会っても全然話をしてくれないよ」と言われたんです。

どんな人なんだろうと興味を持っていたところ、野洲に遠征に行った時に、セゾンが野洲のグラウンドで練習をするという情報を入手しました。岩谷さんが来ることを知ったので、当時の中央学院コーチの村田と岩島の三人で菓子折りを持って、岩谷さんの所にあいさつに行きました。

初対面の岩谷さんから「見てもええけど、高校の先生が見に来るような練習ちゃうぞ」と言われました。当時の岩谷さんはドレッドヘアーで独特の雰囲気があったので、第一印象は「なんだ、この人は？」というものでした（笑）。

その後共通の知り合いがいたので、彼に頼んで「岩谷さんと話がしたい」とお願いをしました。それで、岩谷さんが中央学院のグラウンドに来てくれることになったのですが、開口一番「俺は気に入らなかったら、すぐ帰るで」と言われました。そこで試合を見て頂いていると、岩谷さんが一言「千葉にこんなサッカーをするチームがあるんやなぁ」と言いました。「このサッカーで流経大柏や市船と戦ってるんか。覚悟があるヤツやな。この子ら、野洲の子たちとは違った魅力があるなぁ」と言って頂き、そこから話をしてくれるようになりました。ただその時、「選手一人ひとりは上手いけど、サッカーは下手やな」と言われたのは、いまでもはっきりと覚えています。

岩谷さんに最初に中央学院の練習を見に来て頂いた時に、2年生に児玉駿斗がいました。岩谷さんに児玉を見て「この選手は上手いな。早くプロの世界に入れた方がええで」と言っていました。

グラウンドでの真剣さを学ぶ

岩谷さんのすごいところは、グラウンドに立った時の本気度が他の指導者とは圧倒的に違うところです。これぞプロフェッショナルという感じです。当然、謝礼や交通費を払って来て頂いているのですが、3日間見に来てもらう中で、その日の練習が終わったらぐったりするぐらい、すべてのエネルギーをグラウンドで選手たちに注いでいます。

「3日間しかおられへんから、少しでも選手の良いところを伸ばしてやりたいんや」とか「濱ちゃんがやりたいサッカーで勝たせてあげるために、もっとこういうアクセントをつけた方がいい」とか、アドバイスをしてくださいます。

ただし、基本的にはあまり細かくは言わず、岩谷さんの指導内容や背中を見て盗めという感じです。私も指導歴こそ長いですが、岩谷さんと比べると大人と子どもほどの差がありますす。もはや神の領域です。

余談ですが、岩谷さんがもしJクラブの監督になったら、スタジアムに常に5万人の観客が集まると思います。それぐらい魅力のあるサッカーをします。野洲高校が高校サッカー選手権の決勝に進んだ時に、大観衆が詰めかけたのは記憶に新しいですよね。それと同じことが、Jリーグのクラブでも起こると思います。

岩谷さんが来てくれるようになってから、3年ほどになりますが、すべての指導の様子をビデオに収めています。一度来ると、3日間練習を見てもらいます。その期間で選手たちはガラッと変わります。そして「選手たちのレベルを、ここまで持って来なあかんで」と一言、宿題を残し、帰って行かれます。私からしたら、ものすごいプレッシャーです。

歩いてサッカーをしろ

一度、岩谷さんに褒められたことがあります。それは私が選手に対して「ボールに触るな」「歩いてサッカーをしろ」と言った時のことです。「濵ちゃん、うまいこと言うなぁ。それ使えるやん」と言ってくれました。どういう意味かというと、走ってサッカーをすると、常に動いているので、ボールを扱うのは難しいですよね。だからミスしてしまうんです。でも歩いていたり、止まった状態でボールを扱えば、ミスはしません。だから、ボールを受ける前はしっかり走って、ボールを受ける時は歩くか、ゆっくり走る。そうすればミスをすることはありません。

ただし、そうは言っても走りながらボールに触らなければいけないのがサッカーというスポーツなので、ボールを受ける前の動きやボールを受けてからのフェイントなどで相手と駆け引きをして、相手を動かしておいて逆を取るといったプレーをします。

相手がプレッシャーをかけに来ている中で先にボールに触り、相手に取らせない。何もできなくさせるのが、上手な選手です。足元にボールを止めると相手が食いついてくるので、右から来たボールを左側で止めたり、ダイレクトでリターンパスを返してもいいわけです。上手い選手は、常にそういったことを準備しています。相手の逆を突くことや裏を取るといったプレーを、さらに進化させたのが岩谷さんだと思います。

中村俊輔選手が横浜Ｆ・マリノスのジュニアユースにいた頃に、岩谷さん率いるセゾンＦＣのジュニアユースと試合をした映像を見せてもらったことがあります。そこでセゾンの選手たちは、相手の逆を取る、駆け引きで勝つといったプレーを連発し、マリノスを圧倒していました。その映像を見たときに、25年も前にこんなサッカーをしていたのか！　と、心底驚きました。

岩谷さんが中央学院の練習に来た時に「この一ヶ月間、こんなことやってたん？」と言うと、それが見てきたかのようにぴたりと当たるんです。小学校1年生の時の乾貴士選手（エイバル）を見て、「こいつは将来プロになって、世界で戦うで」と断言したというエピソードからも、岩谷さんの見通す目のすごさはわかってくれると思います。

静岡学園の井田さんとセゾンの岩谷さんは、私がもっとも影響を受けた指導者です。静岡学園の選手は、プロになるだけでなく、プロで活躍しますよね。チームの中心的な存在になったり、長く活躍する選手になるのがすごいと思います。井田さん、岩谷さん以上のサッカー指導者を、私は見たことがありません。この2人は日本サッカーの成長を語る上でも、欠かすことのできない存在だと思います。

第三者を介して言われた方が効果的

井田さんと岩谷さんから学んだのは「サッカーとは、楽しいものなんだ」ということです。なぜサッカーは楽しいのか？　自分で考えてプレーするから楽しいんです。自分が考えてしたプレーで相手を抜いたり、ゴールを決めたりすると楽しいですよね。それがサッカーの醍醐味です。

岩谷さんは、選手のためになることしか言いません。でも、個別に選手を呼んで「おまえ、上手いなぁ」とかは絶対に言わないんです。コーチを使って、「あいつ、上手くなったなぁ」と言って、コーチからその選手の耳に入るように仕向けるのです。

児玉駿斗を見たときも、私に対して「児玉は早く上のレベルでプレーさせた方がいい。相手にボールを奪われてもいいので、気にせずにボールを持たせた方がいい」と言いました。そこで「岩谷さんがこんなことを言ってたぞ」と児玉に言うと、「マジですか！」とやる気になっていくんです。

児玉には、私もこう言いました。「誰に何を言われても、自分のイメージを曲げるな。私が何かを言っても、右から左に聞き流せ。自分の感覚を大事にしろ」と。

瞬間の閃きやボールを受ける前のイメージを尊重し、児玉には自由にたくさんボールを持たせた方がいいんです。それは岩谷さんも仰っていて、「俺が直接言うより、濵ちゃんが言った方が利くで。俺が言っても、ハイハイと聞くだけやから。第三者を使って言った方が、子どもは聞く気になんねん」と言っていました。

毎回、練習後の岩谷さんとの食事会では「あの選手、上手くなったな」とか「あいつがいるから、ワンボランチでええんちゃう？　ボランチ2人もいらんやろ」とか意見を言ってくれるので、それを私が選手に「岩谷さんがこう言ってたぞ」と言うと、目の色を変えてやる気になります。それも、人を動かす言葉ですよね。人を動かすためには、その人の言っていることなら信じられる、この人についていけば間違いないと思わせることが大切です。それが指導者や、人の上に立つ人に求められる要素だと思います。

試合を練習として使う

岩谷さんは公式戦でも「今日の試合は前半1点、後半1点以上取ったらあかんで」と言って、「今日はカウンターを受ける練習をしよう」などと言います。1点取った後に点を取ってはいけないので、ペナルティエリアの前で取られるとカウンターを受けますよね。その準備のトレーニングを、公式戦でするのです。普通に「今日は1対0の試合をしよう。後ろの選手、守備は頼むぞ」みたいなことを言うんです。つまり、試合を練習として使っているわけです。

岩谷さんは25年前に誰にも聞かず、1人であのような攻撃的なサッカーを作り上げました。私からすると神様のような存在です。最初は怖くて話しかけられませんでしたが、指導などを認めて頂いたのか、打ち解けると、多くのことを教えてくれます。「こういう風に持っていったら、子どもたちはのびのびとサッカーが出来るんだな」など、岩谷さんの振る舞いから学ぶことはたくさんあります。

ジュニアユース年代のクラブチームと中央学院が提携したいという考えを、岩谷さんに伝えると「それならもっと、クラブチームの方に顔を出した方がええで」とアドバイスを頂きました。中央学院のグラウンドは毎週月曜日がオフで空いているので、小学6年生から中学

3年生まで、誰でもグラウンドに来て良いので、練習や試合をする取り組みをしたいと思っています。

岩谷さんにそのアイデアを話すと「それをすれば、何人か良い選手が出てくるかもしれんな」と言ってくれました。小学6年生が高校1年生と一緒に練習をするのも良い経験になりますよね。ちなみに乾選手は小学校3年生の時に、6年生の試合に出ていたそうです。それは単純に実力があるから、上の学年で試合に出していたようです。

小学生、中学生の子たちが、「将来は中央学院でサッカーをしたい」と思ってもらえる環境を作ることができたなら、時間がかかるかもしれませんが、その中から金の卵が出てくるかもしれません。

その場合、告知は中央学院サッカー部のホームページだけで行い、興味のある人に参加してもらえればと思っています。学校に興味があるなら、ホームページぐらいは見ますよね？「中央学院のグラウンドで、こんなことをやっているんだ」とピンと来た人に、参加してほしいと思っています。

最近はサッカー部のホームページに「練習会をやります」と掲載すると、400人ほどが、北海道から沖縄まで、全国から来てくれます。一度に見られる選手は200人が限界なので、ハーフコートのゲームを20分やります。それを見てこの選手はいいなと思うと、名簿にチェックをします。私が良いと思う選手は、だいたいがコーチも良いと思っています。

練習会に参加する中で、獲得する選手は15人ほどです。1学年30人程度と決めているので、残りの15人はこれまで選手を送ってくれた県外のチーム出身の選手になります。今年の夏休みには初めて大阪で『中央学院フェスティバル』という、つながりのあるジュニアユースクラブ同士で試合をしてもらい、その中でこれはと思う選手がいたら「練習に参加してみない？」と声をかけさせてもらいました。

私の場合は「中央学院でサッカーをしたい！」という強い気持ちを持っている選手ではないと、取らないと決めています。他のチームと中央学院を迷っているのであれば、別のチームに行った方がいいんじゃないかという話をします。

練習を休む選手はほとんどいない

指導スタイルを変えてから、練習を休む選手がいなくなりました。だってそうですよね。放課後にグラウンドに来て、仲間たちと集まってボールを蹴って、もっと上手くなるためのトレーニングを周りと切磋琢磨してやる環境なので、選手たちにはサッカーを「やらされている感覚」はほとんどないと思います。監督から厳しい指導を受けているという気持ちも一切ないでしょう、純粋にサッカーが上手くなりたくて、ボールを蹴りに来ているので、ズル休みをしたいという気持ちが湧いてこないのです。

熱があったり怪我をしている選手であっても、「ちょっとボールを蹴りたいんで」と言ってグラウンドに来ます。それを聞くと、「さすがに熱があるんだから休めよ」と止めるのですが、なんだかんだ言って練習に参加する選手も多いです。

今ではOBがグラウンドに顔を出すことも珍しくはありません。スパルタ指導をしていた時の選手たちは、誰一人として卒業後、グラウンドに戻ってきてくれる選手はいませんでした。当時の選手と会うと、「あの時はごめんな」と今でも謝っています。

OB会も人数が増えていて、「就職が決まったけど、サッカーを続けているんです」という選手も多いです。試合会場であいさつに来て、「今はフットサルをやっています」と言う選手も多いです。プロになる選手もいますが、高校を卒業してからサッカーやフットサルを続ける子が多いのは、本当に嬉しいです。いまだに、中央学院のユニフォームを着てサッカーやフットサルをしているみたいで、中央学院のユニフォームを着てプレーをすると、「中央学院って、みんなうまいんだよね」と言われることもあるようです。そう言って嬉しそうな顔をしているのを見ると、自分もたまらなく嬉しくなります。手作りのグラウンドでサッカーを始めた頃から考えると、信じられません。当時はユニフォームを自腹で20枚購入してましたから。もう時効だから言いますけど、サッカーボールも自分が卒業した大学の使い古しをもらってきていました（笑）。25年前から考えると、ここまで来れるなんて本当に思ってもいませんでした。

東海学園大学の安原成泰監督と出会い、プロになるルートができる

たくさんの指導者にお世話になってきましたが、東海学園大学の安原成泰監督には、榎本や児玉を預けて、プロにしてもらいました。

安原さんと出会ったのも、村田の紹介です。10年ほど前に、現在は中央学院でコーチをしている、吉岡勝利の代の選手を5、6人送ったことがありました。すると吉岡が副キャプテンになり、4年生の時に初めて全国大会に出ることができました。そこからの付き合いです。大学サッカーで、あそこまでのびのびやらせてくれる環境はないと思います。中央学院の延長線上のような感じです。みんな楽しそうにサッカーをしていますし、「やらされている感」が全然ないんですよね。

安原さんには、絶対の信頼を置いています。私が「この選手はプロになるだろうな」と思う選手は、全員プロにしてくれます。それは本当にすごいと思います。選手育成に対する価

値観が一緒なんでしょうね。安原さんも、私と同じく「試合に勝つこと」が一番の目的にはなっていません。それよりも、選手の成長が大事なんです。

でも最近は「中央学院の子たちが日の目を浴びるためにも、常に全国大会に出なきゃいけない」と言っていて、実際にそうなっています。2018年は全国大会でベスト8に導き、スタメンの11人中8人がJリーガーになりました。メディアにはあまり出て来ない人なので、知られざる名将です。

安原さんが東海学園大学の監督をするようになって10年ほどですが、あれほど知的なサッカーをする人は見たことがありません。大学サッカーで、見る人をワクワクさせるチームって、なかなかないですよね。

中央学院から東海学園大学に行くと、高校と大学の7年間、同じリズムでサッカーができて、プロにもなれるので、進学を希望する選手は多いです。スタメンのうち、4、5人が中央学院出身の選手ということもあります。

安原さんはアルゼンチンでもプレーしたことのある元選手で、超がつくほどのドリブラーだったそうです。一度、「ドリブルをしていて、相手に簡単にボールをとられたらどう思いますか?」と聞いたら「死にたくなる」と言っていました。その一言は忘れられません。この人、すごいなと思いましたし、正真正銘のボール中毒者です。

本当に良いコーチで、あの人と関わった選手は幸せだろうなと思います。サッカーを嫌いにさせない人です。試合中、コーチングは一切せず、「お前ら、大丈夫か?」「力、入ってるぞー」とか、そんな感じなんですよ(笑)。全国大会で負けていても「お前ら、ボール持ってて楽しいか? 周りが見えてないぞ」とか。

大学の監督で「お前ら、サッカーしすぎだよ」「練習しすぎだよ」「大学生は休みながらでいいんだよ、怪我しちゃうから」と言う人も珍しいですよね。安原さんは怪我でプロを辞めた人なので、選手が少しでも「痛い」と言うと「休め」と言っています。普通の監督は「テーピングを巻いて出ろ!」と言うのですが、安原さんは「他の選手にチャンスをあげるから、休んでいても大丈夫」と言うんです。

尊敬するジュニアユースの指導者たち

中央学院に来る選手は1学年30人程度。半数が千葉県内、半数が県外出身の選手です。県外のクラブで選手を送ってくれているのが、大阪府のイーリス生野とレオSCです。イーリス生野からは畠中祐樹(ヴェルスパ大分)、レオからは児玉駿斗がプロになりました(児玉は2019年時点で東海学園大学所属。名古屋グランパス加入内定)。イーリス生野やレオから中央学院に来て、東海学園大学に行くというルートができているので、中学、高校、大学と指導のスタンスや大切にしているものがブレることなく、10年間続いていくストーリーができあがってきているのは、選手の成長にも良いことだと、私は思っています。

この2つのクラブは指導者同士が仲が良く、15年ほど前に、一緒に中央学院の練習を見に来ました。

レオの安楽竜二監督とイーリス生野の武井一馬監督が来て、「こんな練習をしてるんですか⁉」と驚いて、興味を持ってくれたのがきっかけです。武井監督と話をすると、市船や立正大学淞南高校（島根）などの強豪校に選手を送っているそうで、「すごいですね」などと話をしていたら「うちに面白い子がいるんですよ」と言って、畠中佑樹を送ってくれました。彼は中央学院から東海学園大学を経て、ブラウブリッツ秋田や藤枝ＭＹＦＣでプレーしたのですが、大学時代は全日本大学選抜で10番をつけるようなテクニシャンでした。

安楽さんも武井さんも、「この選手は中央学院に合うだろう」という選手を送ってきてくれます。彼らを信頼しているので、推薦されると「わかった」と二つ返事で獲得します。他にも、兵庫の伊丹ＦＣや石川のリオペードラ加賀、和歌山のカナリーニョＦＣリオなどは、本当に良い選手を送ってくれます。彼らと出会わなければ、今の自分はないと思うほど感謝しています。

名古屋グランパスでプレーする榎本大輝が中学時代に所属していたヴィヴァイオ船橋の渡辺恭男監督も、私が信頼している指導者の1人です。

榎本をヴィヴァイオから中央学院に受け入れる時に、渡辺さんから「絶対にプロにしてほしい」と言われました。そこで私は「最後は本人次第ですが、それに近づけるように頑張ります」と言ったのですが、その約束を守ることができたのは嬉しく思っています。

繰り返しお伝えしていますが、中央学院には「ここでサッカーがしたい！」という選手に来てほしいと思っています。それこそ「市船や流経大柏を5対0で倒す！」という意気込みの子に来てほしいのです。そのスタイルに触発されて、共感を得て、みんなが努力してくれるからこそ、このサッカーでどこまでやれるかはわかりませんが、チャレンジし続けたいと思っています。

そういう時に、県外出身の選手は頼りになるんです。やはり千葉県の選手からすると、市船、流経大柏は絶対的な存在です。しかし、大阪を始め関西から来る選手は、そこまでは思っていないというか、「同じ高校生なんやから、やってみなければわからへんやん」という意気込みで来てくれます。イーリス生野の武井さんは「市船、流経大柏を倒そうという気概を持った選手を、濵田先生の所に送っています！」と言ってくれています。その心意気に応えなければいけないと思っています。

第3章
中央学院から
プロになった
選手たち

「ドリブルしかしませんよ」と言った榎本

中央学院、東海学園大学を経て、名古屋グランパスに入団した榎本大輝は、千葉県のヴィヴァイオ船橋でプレーしていた選手です。

中学卒業後は、千葉県外の高校に進もうとしていて、実際に練習にも参加したそうです。でも、その学校のサッカーが合わなかったようで、私が「それなら、うちに来てボールと遊べばいいじゃん」と言ったのが、中央学院に入るきっかけになりました。

というのも、榎本のプレーを初めて見た時に、試合中、1人でボールを持って遊んでいたんですね。それもあって「うちに来て遊べば？」と言ったら、「マジですか⁉ 自分はドリブルしかしないですよ」と言うので、「全然いいよ」と答えました。そこで「将来、どうなりたいの？」と聞いたら「FCバルセロナに行きたいです！」と言ったので、「じゃあうちに来ていっぱいボールに触って、好きにプレーすればいいよ」と話をし、中央学院に来て、東海学園大学を経て名古屋グランパスに行きました。

榎本に対して、プレー面のアドバイスをした記憶はほとんどありません。自分が取られたボールに関しては、絶対に戻って奪いに行く『ボール中毒』のような選手です。常に自分がボールを持っていたい。できればパスはしたくないというタイプで、もし榎本がJリーガー

2019 年シーズンから名古屋グランパスに加入した榎本大輝。
彼とはドリブルの話しかした記憶がない

になれなかったら、サッカーの指導者を辞めようと思うほどの選手でした。

ただ、榎本が3年生の時の高校サッカー選手権は、千葉県大会の一次予選で負けてしまいました。その試合は相手に『榎本シフト』を敷かれてPK戦になり、結局最後は榎本がPKを外して負けました。あいつは試合後「ドンマイ！」「はい次！」と言っていたのですが、チームメイトからは「お前には次があるけど、俺にはないんだよ！」と言われていました。榎本は「俺にPKを蹴らせた、お前らが悪い」とか言って楽しそうにしていたのを覚えています（笑）。

今でも忘れられない、千葉県大会のワンシーンがあります。榎本がハーフウェーライン付近でボールを受けたときのことです。プレスバックしてくる選手をかわして、右から中央へドリブルで進み、センターバックを股抜きして、サイドバックのスライディングタックルも見切ったようにフェイントでかわして、さらにGKを抜いて誰もいないゴールにシュートを決めました。まるでメッシの5人抜きのようなプレーです。ゴールが決まった瞬間、会場が驚きのあまり静まり返りました。そのプレーを見た時は、さすがに鳥肌が立ちました。

榎本の特徴は、相手の逆を取るドリブルです。あのドリブルができる選手は、J1でもほとんどいないと思います。彼が名古屋でコンスタントに試合に出るようになれば、日本サッカーのドリブルに対する見方も変わると思います。単純に見ていてワクワクしますし、ボールを持ったら「この選手は何をするんだろう？」という期待を抱かせてくれるんです。

榎本も児玉も、ハーフウェイライン付近からドリブルで3人、4人と抜いていきます。普通のチームでそんなプレーをしたらきっと監督から怒られると思います。チームとして考えると、パスをすべき場面もあるのですが、選手個々の力を伸ばすためには、目をつぶることも必要です。

榎本や児玉がいた頃は、千葉県リーグでビリの方でした。これは、試合に負けてもいいと思っていたからです。榎本には「ドリブルで全員抜いて、シュートを決めろ」と言っていたぐらいですから。普通のチームであれば、勝ちたいのでそんなプレーはNGですが、それをやることで「プロになりたい」という彼らの夢が叶うわけです。

ひと目見て感じた、児玉の将来性

児玉駿斗は大阪のレオSCの出身です。レオSCジュニアユースの代表を務める安楽竜二監督とは長い付き合いで、良い選手を送ってくれるクラブでもあります。

私は中学時代の児玉をひと目見て「これはすごい選手になるぞ」と思い、どうしても指導をしてみたいと感じました。将来、J1のビッグクラブやオリンピック、ワールドカップの

他の選手と間合いが全然違う児玉駿斗のプレーをひと目見て
「将来すごい選手にきっとなる」と感じた

ような大きな舞台に立つ選手になる予感がしたのです。

そこで安楽監督に「この選手は私のところに預けた方が良いよ」と言ったところ「濵田先生がそんなこと言うのは珍しいですね」と言って、夏休みに中央学院の練習に連れてきてくれました。

そこで中央学院と鹿児島の強豪・神村学園が試合しているのを見たのが、児玉が中央学院に入るきっかけになりました。

当時の中央学院には榎本大輝や武田拓真（ファジアーノ岡山）などがいて、テクニックとインテリジェンスの高いサッカーをしていたんです。その試合を見て児玉は「中央学院はドリブルだけじゃなくて、パスもしていいんだ」と思ったらしく、試合が終わった後に「どうだった？」と聞いたら「パスをしていいんですか？」と言うので「当たり前だろう。もちろんいいよ」と答えました。そこで児玉は「自分はあんまりドリブルが好きじゃないんです」と言っていたのですが、私は「プロになりたいんだったら、ドリブルをしないといけない。パスだけで逃げていたら、体が小さいので潰されてしまう。体格のハンデを補う意味でも、ボールを運べる選手にならなければいけない。中央学院に来たら、それを教えるけど、どうする？」と言ったら「わかりました。中央学院に行きます」と言ってくれました。そこで「ご両親に自分の気持ちを説明して、『中央学院に行きたいんだけど』と相談してごらん」と言って別れ、1週間後に私が児玉の家に行きました。

そうしたら、ご両親は「千葉からわざわざ何をしに来たんだ?」という雰囲気を醸し出していて、超アウェイの雰囲気でした（笑）。というのも、中央学院が児玉に声を掛けているのを知った京都橘高校のヨネちゃん（米澤一成監督）が、私が行くより前に児玉の実家に話をしに行っていたんです。ヨネちゃんは児玉と岩崎悠人（コンサドーレ札幌）をチームの目玉として考えていたようで、当時の京都橘は全国大会で準優勝するなど、成績も知名度も抜群でした。さらに児玉の家から京都橘は近いので、普通に考えれば中央学院を選ぶ理由はありません。今となっては笑い話ですが、そういった事情もあり、私が児玉の家に挨拶に行くと「この人は何をしに来たんだ」というそっけない態度をとられてしまったのです。今ではご両親ともに中央学院サッカー部のことをすごく応援してくれています。

ドリブルとパスの技術、判断、イメージが異次元

児玉がプロになると思った理由は、「間合いが他の選手と違うから」です。ドリブルをするときに、ボールをまったく見ていないんです。それともう一つありまして、これは本人にも言ったことがあるのですが、「プレー中、グラウンドを上から見ているのか?」と思うほど、

ボールが動いている間に、味方がここにいて、敵がここにいるから、次はこうなるだろうというのが見えているんです。

そして、誰もイメージしていなかったところへボールを出す。普通の選手は顔を上げて、見えている所にパスを出しますよね。でも、児玉は見えている部分が広く、「この選手はここから上がってくるな」というイメージができているので、相手の裏をかいたパスが出せます。ドリブルとパスの技術、判断、イメージが異次元なので、プロになることができたのだと思っています。

児玉は最初にそのプレーを見たときからプロになるだろうと思っていたので「ドリブルをするときは、４人目のＤＦまで見ろ」と言ってきました。

児玉は、どこのチームに入っても、やることは変わりません。どれだけ体調が悪くても、どれだけ調子が悪くても、最低限ここまではやらなければいけないというのは、高校の３年間でしっかりと教えました。だから、調子が悪くても悪いなりに最低限のプレーはできる選手です。

児玉は大学在学中に、特別指定選手としてグランパスの試合に出ています。本人としては、法政大学から鹿島アントラーズへ加入した上田綺世《あやせ》選手のように、大学のサッカー部を退部してプロに行きたい気持ちもあると思います。でも私としては、大学は絶対に卒業した方がいいと思っていて、本人にもそれは伝えました。

大学経由プロ行きのススメ

大学はプレー環境も整っているし、大学選抜に選ばれれば、海外勢と試合をする経験も得られます。フィジカルだけでなく人間性も高まるので、22歳でプロになるのも決して遅くはないですし、卒業後にすぐ試合に出られるのであれば、そのあと10年はプロとしてプレーできます。

これは私の持論ですが、高校年代で飛び抜けた人間性を持った選手でない限りは、大学を経由してからプロに行った方がいいと思います。

高校時代にJクラブからオファーが来たところで「俺は上手いんだ」と勘違いしてしまうと、そこで成長が止まってしまいますし、「上手くなりたい！」という気持ちに邪魔が入ります。プロになりたいという思いは残しつつも、まずは純粋に「サッカーが上手くなりたい！」という気持ちが一番上にないとダメなんです。

実際にプロの練習に参加して、華やかな世界を見ると、高校生なので勘違いしてしまうこともありますよね。

その時は18歳でプロになれるからいいかもしれませんが、3年後の21歳になった時にどうなっているのか？　そこまで長い目で見て、進路を選ぶ必要があると思います。18歳でプロになり、試合に出られなければ、21歳で解雇です。そうなってから、過去の選択を悔やんでも遅いんです。それよりも、大学の4年間でフィジカルや戦術、そして人間性を高めて、大学卒業と同時にプロになり、即戦力としてプレーした方が、結果として選手寿命は長くなりますし、大学時代に培った人脈も後に活きます。プロで活躍できなかったとしても、次のキャリアにきっと役立つでしょう。それもあって、基本的には大学経由でプロになることを推奨しています。

プロになるのがゴールではない。プロで活躍することが大事

だから私は、18歳でプロになった選手が、3年後の21歳の時に何人残っていて、どれだけステップアップできているのかは、いつも気にしています。プロになるのがゴールではなく、プロで活躍して、ご飯を食べていかなければいけないわけです。それも、できるだけ長く。

ステップアップしていける選手は、極一部の選手だけです。それよりも、3年間で試合に出られず、J1からJ2へとカテゴリーを下げる選手が大半です。それならば、失敗が許さ

れる大学の4年間で多くのことにチャレンジして、勉強して、色々なものを身につけてからプロに行き、即戦力として試合に出た方が選手寿命は長いと思います。

だから、プロになった人数も大事ですが、プロでどれだけ定着しているかというのも評価すべきだと思います。その意味では、同じ千葉県の市立船橋高校はすごいと思います。近年は高卒でプロに行き、すぐに活躍して代表に入る選手も出てきました。身近で見ていて、良い取り組みをしているなと思います。

大学卒業後のプロ入りを目指すのであれば、高校年代は仕込みの時期です。この年代ですべきこと、身につけるべきことに対して、雑念を振り払ってひたすらサッカーに取り組む。それが高校の3年間で必要な姿勢です。「ゴールデンエイジ」という言葉がありますが、何も小学生、中学生だけがゴールデンエイジではなく、高校3年間でも大きく伸びますし、二十歳ぐらいまではサッカーは上手くなると思います。高校を卒業して大学に入って、それまで培ってきた個人の技術、戦術に加えて、チーム戦術を求められることでさらに伸び、ピッチ外の人間的な成長も上達につながるのがサッカーというスポーツです。

大学で心身が成長してから、プロ入りを薦める理由

児玉は高校3年生でキャプテンになり、その段階で「チームのためにどうすればいいんだろう?」と、他の選手のことやチーム全体のことを考えるようになりました。しかし、それまでは自分の好きなプレーしかしない選手でした。そのような、精神的な成長過程にある中でプロに入っても、すぐに壁にぶつかると思いました。18歳でプロになり、3年間で結果を出すことができなければ、21歳で解雇になります。J1のクラブに入れば、J2に移籍することもできるかもしれませんが、そうなる保証はどこにもありません。

精神的にも肉体的にも準備ができていない状態でプロに飛び込むよりも、大学の4年間で心身ともに鍛えて、人間性や社会性を身につけてからプロに行っても遅くない。私はそう思っています。

大学で活躍すれば、全日本大学選抜などで海外チームと試合をするチャンスもありますし、プロと練習試合をすることも多いです。Jクラブのスカウトの目に留まる可能性は十分にあります。

プロは毎日テストを受けているようなもので、一瞬たりともミスはできません。毎日が勝負で、24時間サッカーのことを一番に考えて動かなければいけない。それがプロ選手です。

そのような生活を18歳で高校を卒業して、高校時代はサッカー漬けだった選手にやれと言ってもなかなか難しいですよね。技術、戦術、フィジカル、そして人間性も含めて、相当素晴らしい選手でなければ、「一回落ち着いて周りを見てから、プロに行くかどうかを決めよう」と、大学進学を薦めています。

プロに進むためには、避けて通ることのできない学力と人間性

大学に進むためには、ある程度は勉強もできなければいけません。中央学院はオール3以上の成績が求められています。成績が足りない生徒はレポートを提出したり、補講を受けるなどして、先生方に手伝ってもらいながら、サッカーと勉強の両立を目指しています。

学校には学校のルールがあるので、あまりにもテストの点数が低く、レポートを出さない、補講を受けないとなると、サッカーの遠征に連れていけないことがあります。こちらとしてもフォローはしますが、最終的に勉強をする、しないを決めるのは選手自身です。

近年はJクラブのスカウトの方も、私に選手のことを尋ねる時に、サッカーのことよりも人間性の面を聞いてくることが多くなっています。「あの選手は勉強はどうですか?」「人間性はどうですか?」という質問はよくされます。昔はもう少し、サッカー面のことを聞かれ

ることが多かったのですが、Ｊクラブも「最終的には、人間性が大事」ということがわかってきたのでしょう。

　これは私の持論ですが、技術の使い方には人間性が出ます。味方の選手がプレーしやすい所にパスを出してあげるのか、それとも自分が出したいタイミングでパスを出すのか。例えば、味方の利き足にボールをつければ、その選手がスピードを落とさずにボールを運ぶことができる場面で、ピタリとそこに出すことができるか。

　思いやりがない、わがままな選手は自分がボールを持っていて、困ったら味方に渡すというパスをします。ですが上手な選手は、ギリギリまで相手を引きつけておいて、味方がプレーしやすいタイミングでパスを出すのです。

　リオ五輪の４００メートルリレーで日本が銀メダルを取ることができたのは、バトンリレーの流れるような繊細さやコミュニケーションが大きく影響していると思います。サッカーも同じで、選手の思いやイメージをつないでいくチームにしたいのです。選手同士の思いやりやイメージが連なって、ゴールに結びついた時に感動が生まれ、美しいゴールが生まれるのです。

　２００６年度の高校サッカー選手権、野洲高校が鹿児島実業高校との決勝戦で決めたゴールは、多くの選手が関わりながらパスをつなぎ、イメージの共有が生んだゴールでした。あのゴールを見たときに「高校生でもここまでできるんだ！」と感動しました。私以外にも、そう思った人は多いと思います。

親が高校サッカーをしてしまうケース

サッカーは個人競技ではないので、思いやりのあるパスが出せる選手は、人間的にも光るものがあります。「この選手はここに走るから、歩幅が合ってトラップしやすい回転のボールを出してあげよう」と、そこまで考えてパスを出せる選手が良い選手です。いくら技術的に上手くても、受け手の気持ちになり、細部にこだわることができない選手はダメだと思います。

人間性はプレーの細部に出ます。味方のために自分の技術を出せる選手は、自ずとピッチで光りますし、その選手の所には自然とボールが集まってきます。周りの選手が気持ちよくプレーできるパスが出せたり、献身的にサポートができる選手はチームメイトから認められるのです。

乱暴な言い方かもしれませんが、パスにセンスがない子は、人間性にもセンスがないんです。わがままな面があったり、精神的に子どもだったり、素直になれなかったり、親に感謝の言葉が言えなかったり…。どこかで心の壁を作っている選手は、プレーに表れます。

それは、親が過保護になることの悪影響もあると思います。よく見かけるのが「親が高校サッカーをしてしまっている」ケースです。サッカーをするのは子どもなのに、親がそれ以上に夢中になってしまうのです。そうではなくて、親は黙って子どもが泣いたり笑ったりするのを、見ていてあげるだけでいいんです。

そこですぐに手を差し伸べたり、「大丈夫？」と過保護になってしまうと、子どもは言い訳の天才になります。私は選手に「お前に合うコンセントはないよ」とよく言っています。この学校で合わなかったら、どこに行っても合わないよと。今いる環境の中で自分を出して、コンセントの形に自分を合わせていくことが大事なんです。

それは、社会に出ても同じこと。だから「サッカー＝生活だよ」とも言っています。

授業中に疲れて寝ちゃう子と、教科書を立ててこっくりこっくりしているけど、何とか我慢する子と、どちらが応援したいという気持ちになるでしょうか？

先生が見たときにパッと起きて「寝てないですよ」という態度をとる選手もいれば、机に突っ伏して爆睡する選手がいます。とくに猪突猛進型のストライカーは、堂々と寝ることが多いです（笑）。反対に、ゴールキーパーは眠たくても自分の手をペンで刺して起きているぐらいの選手でないと、成功しません。責任感を持って生活できる選手、課題から逃げない、言い訳しない選手が、ゴールキーパーに向いています。

保護者は余計なことを子どもに言わない

保護者がSNSに「今日の中央学院の試合は面白くなかった」と書くのは構わないのですが、子どもがチャレンジすることを否定する言葉だけは掛けないでほしいと思います。高校生は、成功することよりも失敗することの方が多いもの。チャレンジしたことや結果について、あれこれ言われると、子どもはチャレンジしなくなってしまうんです。「今日は何で試合に出てないんだ」とか「何であのプレーはミスしたんだ」と、子どもを追い詰めるような言動は絶対に止めてほしいです。自分がダメなことは、子ども自身が一番よくわかっています。

それなのに、家に帰ってあれこれ言われるから、変に言い訳をしてしまうんです。もしくは「うるせえな」と部屋に閉じこもってしまいます。

保護者に言いたいのは、指導者に「うちの子、どうですか?」と聞いてくる前に、「余計なことを子どもに言ってはいませんか?」ということです。子どもの方から、言いたいことがあれば言ってくるので、そうなったらうん、うんと聞いてあげるだけでいいんです。そして最後には「自分で選んだチームなんだから、頑張りなさいよ」と、一言、声を掛けてあげるだけでいいと思います。

海外でプレーしたいのならば、高卒で行くのもあり

将来的に海外でプレーしたいのであれば、大学を卒業してJクラブに入り、そこからステップアップしていく道は限られた、狭き門になります。海外のクラブで24、25歳の選手を獲るのは、日本代表クラスの即戦力だけです。大卒だと年齢的にその時点で足切りにかかるケースが多いので、海外に行きたいのであれば澤昌克のように、「高校を卒業して、アルゼンチンに行きます」というのもありだと思います。イッペイシノヅカ（大宮アルディージャ）も中央学院から「ロシアに行きたい」と海を渡り、逆輸入のような形で現在はJリーグでプレーしています。これはかなりのレアケースですが。

海外に行きたい18歳の選手がドイツやフランス、スペインなど、体の大きな選手とのぶつかり合いが頻出するリーグに行っても、体ができてない状態では厳しいのも事実です。そう考えると、当たりこそ激しいですが、南米に行った方が活躍できる要素はあると思います。実際に中央学院を「勉強したくないから」という理由で1年で辞めて、アルゼンチンに渡っ

た選手がいます。競争を勝ち抜いていく厳しい世界ですが、覚悟があればチャレンジするのは良いと思います。

ただし、繰り返しになりますが、多くの選手は大学に入って人間性やフィジカルを鍛えて、経験を積んでからJリーグに行った方が、即戦力ですぐ試合に出られますし、結果として選手寿命も長くなるのではないかと思っています。榎本も武田も児玉も、高校時代にプロにはなるだろうと思ってはいましたが、高校卒業してすぐとは考えていませんでした。

リスクを抑えるのならば、最初からＪＦＬを目指す

18歳でプロになったとして、出番がなければ他のクラブにレンタル移籍して、経験を積ませてからチームに戻すというのは、ヨーロッパのクラブが行っている手法です。しかし、日本の場合はＪ1のクラブであっても、予算の関係でそこまでできるクラブは限られています。Ｊ2のクラブに18歳で入って、21歳でクビになったとしたら、プロとしてサッカーを続けるのは難しいですよね。Ｊ3という選択肢もありますが、金銭的に十分な見返りが受けられるかは疑問です。

とくにＪ2のクラブでは、結果が出ないと監督がすぐに変わるので、評価の基準がブレて

「うちに来い」と言ってくれた監督が、いざ入団してみたらすでにいないこともあります。もちろん海外のクラブでもそういった事例はありますが、選手の将来のことを考えたら、キャリア選択やクラブ選びは慎重にしたほうがいいというのが、私の考えです。

リスクを抑えるのならば、最初からＪＦＬを目指すのも、ひとつの選択肢だと思います。中央学院の卒業生に、ＪＦＬのＦＣマルヤス岡崎でプレーしている選手がいますが、現役時代はサッカー中心の生活を送り、引退後は会社に残って会社員として働き、給料をもらうことができます。生活は安定しますし、ライフプランも描きやすいです。セカンドキャリアを考えた上で、ＪＦＬのクラブに進むのもありだと思います。

元号が昭和から平成に、そして令和に変わりました。社会も変わり、子供たちの気質も変化してきています。親のありかたも、昭和と令和では違います。時代の流れに適応しながら、我々も育成に対しての考えを変えていかなければいけないと思います。

進路に関しては、どの大学に進もうが、どのクラブに行こうが、最終的にはサッカーを楽しくプレーしてくれればいい。それに尽きます。

選手たちには「40歳になっても、中央学院出身の選手は上手くなければダメだぞ」と言っています。体力は落ちますが、技術はそう簡単には落ちませんから。

中央学院のコンセプトは「オヤジになっても上手い」です。ブラジルのように、サッカーの上手いオヤジをどれだけ作れるかというイメージでやっているので、プロを育てたいという気持ちが一番強いわけではないんです。それよりも「中央学院のユニフォームを着ている選手は全員上手い」という風になりたいです。静岡学園のユニフォームを着ていたら、上手い選手だと思いますよね。中央学院もそうなりたいんです。

中央学院発のプロ第一号、澤昌克

中央学院発のプロ第一号、澤昌克は南米で長くプロサッカー選手をしています。彼がアルゼンチンのリバープレートという名門クラブに入った時の事です。「最初の1か月は、全然ボールが回ってこなかった」と言っていました。

そこでまず言葉を覚えて、ご飯を一緒に食べに行ったり、みんながディスコに遊びに行くのに、言葉はわからないけどついて行ったりしているうちに、仲間だと認められてボールが回ってくるようになったそうです。

澤の代のチームは、中央学院の歴代最強であり、千葉県でベスト4に入ったチームです。前橋育英や星稜（石川）といった全国クラスの学校と試合をしても、3、4点取って勝つチームでした。高校サッカー選手権の千葉県予選では、闘莉王選手がいる渋谷幕張高校に負けたのですが、ＦＷでプレーしていた澤はスーパーな選手だったので、普段はボランチでプレーしていた闘莉王選手を「澤対策」として、その試合ではセンターバックで起用してきました。夏に行われたインターハイ予選では、渋谷幕張に2対1で逆転勝ちし、その時に闘莉王選手は「澤に勝てないよ！」と怒っていたのを覚えています。

澤は当時のユース代表候補で、とりあえず彼にボールを預けておけば、なんとかしてくれるという信頼感のある選手でした。クロスを上げればヘディングでシュートを決めるし、足下の技術も高い。スピードもあってシュートも上手いという、すべてを兼ね備えた万能ＦＷでした。

彼は長く現役を続けてきましたが、最終的にはペルーのクラブに所属し、マラカナンスタジアムで引退したいそうです。彼は人間性が素晴らしいので、かつて所属した柏レイソルのスタッフ、チームメイト、メディアの人も「こんなに良い人は見たことがない」と言っていました。調子が良かろうが悪かろうが、いつも振る舞いは変わらない。そういう選手は周りから応援されます。プロになる以上は、応援される選手になってほしいです。その意味で、澤はお手本のような選手です。

第4章

中央学院の練習といえば「ドリブルゲーム」

中央学院の練習の特徴とは？

「中央学院の練習の特徴は？」と聞かれると「ドリブルゲーム」と答えます。この練習が、中央学院のサッカーを創り上げるにあたって、重要な役割を果たします。（ほかにもストレッチやステップもありますが、それは後述します）

●ドリブルゲーム（グリッドは30歩×30歩〈※1歩は約1m〉。人数は30人。ボールは5個。時間は15分）

ドリブルゲームは、いわゆるボールの取り合いです（ゴールはなし）。小学生の頃はよくやったメニューだと思いますが、高校でこれをしているチームはあまりないのではないでしょうか。中央学院のプレースタイルの肝は、このドリブルゲームだと思っています。30人でボールが5個なので、1つのボールをだいたい6人で奪い合うことになります。ボールを持ったら、自分の周りに5人がいるわけです。その中でどうやってキープをするのか。相手を抜くのか、かわすのか。目の前の1人だけしか見えていなければ、抜いたと思っても2人目の選手に取られてしまいます。ボールコントロール技術、球際の駆け引き、体の入れ方、使い方、

「ドリブルゲーム」はボールコントロール技術、球際の駆け引き、
フィジカルコンタクトなど、サッカーに必要な多くの要素を一度に磨ける

フィジカルコンタクト、相手の位置やスペースを見るための視野など、多くの要素が一度に磨かれます。強度が高いので、15分もプレーすると選手たちはヘロヘロになります。だから、スタミナもつきます。素走りなどをさせなくても、サッカーに必要な体力はこのメニューで十分に養うことができます。

これは「ストリートサッカー」だと思っています。かつてのブラジルなどは、街中や公園で一つのボールを奪い合っていました。大人も子どもも、体格の違う相手に対してどうやってボールを奪えばいいのか。ボールのキープの仕方や浮き球の処理の仕方、腕はどう使うのかなどを、遊びの中から自然と身につけていきました。それはコーチが教えるものではなく、選手たちが実戦の中で自分で学んでいくものです。

もちろん、私はプレーを見ながら「こうすればいいのにな」と思うことはあります。解決策はあるのですが、それをすぐには言いません。もちろん、言いたい気持ちはたくさんあるのですが、そこは我慢です。今、言うべきなのか。それとも黙って、選手たちが気がつくのを待つのか。コーチに言われたことより、自分で発見したことのほうが覚えています。答えを言う、教えることだけが指導ではありません。いつ、なにを、どのようにして言うのか。それは指導者のセンスが問われる部分だと思います。

私も、言うべきタイミングを逃している場合もあると思います。あのとき、これを言っておけばよかったなと反省することもあります。選手もそうですが、指導者もそうやって成長していくんです。そこは選手たちから教わる部分です。このタイミングで、こういう声を掛ければいいのか。こういう練習メニューを多くすれば、こうなるのかと気づく。その繰り返しで、指導者は成長していくんです。長く指導をしていると、当然、多くのことが見えるようになります。見えている以上、答えは言いたくなりますが、なるべくすぐには言わないようにしています。当然、ストレスは溜まりますが、指導者の仕事は我慢することですから。

ボールを持つことに対して自信がない選手は、なかなか相手からボールを奪ってドリブルをしようとはしません。特に中学時代にセンターバックなど、守備的なポジションでプレーした選手には、そういう傾向があります。

でもそこで「ボールを持てるセンターバックになりたい」「ドリブルで相手をかわせるセンターバックになりたい」という熱意や意思があれば、最初は出来なくても、積極的にボールに触ってドリブルをしようとします。そこで指導者は、「練習ではどんなプレーをしてもいいんだ」「上手くなるためには、ミスをすることも必要なんだ」というマインドに変えさせなくてはいけません。中学時代までに培ってきた価値観を、ぶっ壊す必要があるんです。

ドリブルゲームで闘争心を磨く

常に練習でボールに触っている選手と全然触っていない選手では、1年、2年、3年経つと、技術に圧倒的な差が出てしまいます。

ドリブルゲームのポイントは1つのボールに対して、2人、3人と競り合いに行くので、足がぶつかり合ってルーズボールが生まれること。その時にどういう足の出し方、体のさばき方をして、マイボールにするかという練習でもあります。そこでスッと足が出て、マイボールにしてキープできる選手は、ディフェンスに向いていています。

練習をしていてよくあるのが、「ボールを取れる!」と思って足を出したところ、かわされてしまうケースです。

パワーを出して奪いに行ったのにも関わらず、マイボールにできないのは、体力的にも精神的にもかなりきついです。それを何回もされると心が折れ、体力もなくなります。中央学院のサッカーは、そのようにしてルーズボールを相手が「取れそうだ」と思って足を出すところを、ことごとくマイボールにしていくので、真綿で首を絞めるように、時間が経つにつれてどんどん体力は削り取られていきます。だからラスト10分や5分で、ペナルティエリアで倒されてPKをもらったり、ゴールを決めて相手を仕留めることができるのです。

小学生がドリブルゲームをすると、体のぶつけ方やボールタッチの柔らかさが自然と身につきます。ボールに触りたいので奪いに行きますし、こぼれてくるボールを狙うので、ルーズボールに対する感覚も養うことができます。良いことがたくさんあるトレーニングだと思っています。

ドリブルゲームはストリートサッカーの要素が多分に含まれているので、日本人には合っていると思います。日本人は教育的な面からも、先生や監督、目上の人の言うことを聞きすぎるきらいがありますよね。監督が「こうしろ」と言うと、だいたいその通りにします。サッカーに関してはその文化はそぐわないので、ドリブルゲームに含まれる、一つのボールに対して争ったり、奪ったり、体をぶつけたり、闘争心を出すといったことは、日本の子どもたちには特に必要なことなのではないかと思います。

プロになってもドリブル練習は続ける

私は思うのですが、中学や高校時代にあれほどドリブルの練習をしていた選手が、なぜプロになると練習しなくなるのでしょうか？　大学でもそうですが、個人の練習はあまりせず、チームとしてボールを動かしたり、チーム戦術に適用するための練習をしますよね。でもプロこそミスが許されない環境にいるのだから、自分のボールを相手に奪われないために、球際の競り合いで必ずマイボールにするといった、ボールと自分の関係を高めるための練習は、毎日するべきだと思います。

ちなみに名古屋グランパスに入った榎本も児玉も、ドリブルの練習は毎日しています。名古屋グランパスのスタッフから「彼らはいつもドリブルの練習をしているんですが、プロになってもやった方がいいんですか?」と聞かれたことがあるのですが、「むしろプロなんだから、高校生よりも練習しなきゃダメでしょう」と答えたことがあります。その、日々のドリブル練習が肝なんです。大学に行ったりプロになったりすると、試合中に個人がボールを持つ時間がどんどん短くなり、基本的にパスで相手を崩していきます。その中でゴール前での1対1の場面や相手に囲まれた時にドリブルでかわすことのできる選手が、ゴールやアシストを記録することができて、評価に繋がるのです。

日本では、プロになるとパスの練習はしても、ドリブルの練習はほとんどしないですよね。それに付随して、パスミスに関してはあまり怒られないのに、ドリブルで取られると非常に怒られる。その違いはなんだろうと思うんです。「ボールを失った」という結果は同じなのに。

ドリブルで相手を1人抜けば、有利な状況になります。ドリブルの場合は、ペナルティエリアで倒されると、ＰＫをもらうこともできます。中央学院が強い時は、県リーグの得点の

3分の1はPKでした。PK獲得数を強さのバロメーターにしています。なぜなら「ペナルティエリアの中で、ドリブル突破を仕掛ける形を作れている」ことの証明になるからです。

相手選手は「ボールを奪える！」と思って足を出してくるので、その動きを見切って動けば、PKをもらうことができます。ちなみに中央学院から東海学園大学に進んだ選手は、全員ペナルティエリア内で倒されてPKをもらうことのできる洞察力と技術力を持った選手たちです。

なぜPKを取れるかというと、相手の動きを見切っているからであって、相手を見切らずにスピードや勢いだけで抜くドリブルをしている選手は、次第に行き詰っていきます。

森保一氏が日本代表の監督になってから、ドリブルが得意な選手が増えてきました。中島翔哉選手（FCポルト）、堂安律選手（PSV）、南野拓実選手（レッドブル・ザルツブルグ）、久保建英選手（マジョルカ）、伊東純也選手（ゲンク）など、アタッカーは個の力で局面を打開できる選手が選ばれています。

これは私の想像ですが、彼らは自分のストロングポイントを生かすために、ドリブルの練習を過去にたくさんし、きっと今でもしているのではないかと思います。

先日、中央学院から流通経済大学に推薦で入学した選手がグラウンドに来たのですが「ドリブルの練習してる？」と尋ねたら「先生と約束したので、雨の日でも毎日やっています」

と言っていました。それぐらいの決意を持ってドリブルに取り組む選手が、試合の決定的な場面で相手をかわし、ゴールに繋がるプレーができるのだと思います。そして、結局そういう選手には高い価値がついて、より上のクラブに引っ張られていくのです。

中島翔哉選手、久保建英選手のドリブルは天才的

中島選手、久保選手のドリブルは天才的というか、相手の動きを見切っていますよね。相手が足を出すのを見切って、ボールを浮かしたり、相手の届かないところへドリブルをしたりと、ボールを自在に操っています。

日本人はドリブルと言うと「仕掛ける」ことや「突破する」というイメージがあると思うのですが、「相手に足を出させる」ことも、ドリブルの活用法です。相手が足を出してくるので、そこに引っかからないようにボールを動かし、ステップを踏んでかわしていきます。相手が足を出さなければ、かけっこと同じで、ヨーイドンでドリブルをすることになるので、スピードの勝負になってしまいます。

だからこそ「相手にどうやって足を出させるか?」という視点を持つのも、ドリブルをするときの大事なポイントなのです。一つ、例を挙げましょう。ドリブルで足を出さない相手

に対して、向かって行ってかわすのは難しいです。そういう相手に対しては、後ろ向き（進行方向とは反対側）にドリブルをします。そうすると相手は付いてくるので、ボールを隠しやすくなり、フェイントにもひっかかりやすくなります。それを教えなくても、自然とできる選手がいます。そういう選手は「センスがいいな」と思います。

どこへ進もうとしているか、どこの方向へ動こうとしているかという、相手の「矢印」が出たのを見逃さない選手が、ドリブルの上手な選手であり、センスのある選手です。だから、股抜きができる選手はドリブルが上手いんです。相手が足を出すタイミングがわかっているので、それに合わせて股の下にボールを通すことができるからです。

フリーのドリブルで意識すべきポイント

中央学院の生命線はドリブルの練習です。3年間、相手をつけずにひたすらフリーのドリブル練習もします。とくに1年生はタッチラインからタッチラインまでの68メートルを、ドリブルで何度も往復します。コーンなどは置かず、グラウンドの端から端まで、トップスピードでドリブルをします。

そこで言うのは「ボールが足から離れている時間より、触っている時間を長くしよう」で

フリーのドリブル練習はトップスピードでするのが重要。
それで培った技術が相手に囲まれた状況で活きる

す。それと「前に進むために、一度横や後ろに行ってから、目的地である前へ進むこと」です。右に行く瞬間にプレーを止めて左に行ったり、前へ行く素振りをして一旦後ろに下がり、次のプレーで前に行くといったことに取り組んでほしいと思っています。

そして、体の向きや重心のかけ方で相手の逆を突いたりと、駆け引きの中で技術を発揮してほしいのです。

そのため、コーンドリブルはしません。それだとみんな同じボールの触り方になってしまいますよね。相手もいない、コーンもない、目印のない中で、頭の中で相手を描き、プレーのイメージを持ちながら、自在に体とボールを操れるようにしていく。それがドリブル練習の目的です。

フリードリブルのルールは一つ。「トップスピードでやること」です。ゆっくりしたドリブルは誰でもできます。ミスするかしないか、ギリギリのところのボールコントロール技術を高め、「ミスしそうだな」と思ったらボールに触る足の部位を変えたり、体を動かしたりして、リカバリーをする。上手な選手は試合中にそれができるんです。だから私は「ミスはどんどんしなさい」と言っています。ミスをするスピードでドリブルをすることが大切で、ミスをする直前に察知し、プレーを変えられるようになってほしいのです。

他の指導者は「ミスをするな！」と言うと思うのですが、サッカーはミスのスポーツなので、ミスをしてもいいんです。ただし、ミスをミスでなくするために、リカバリーの速さとプレーをキャンセルする勇気が必要です。トップスピードでドリブルをして、四方八方に行きながら、足の色々な部位でボールに触る。私はその様子を見ながら、「この選手は右で触ろうとしたけど止めて、左に持ち替えたんだ」とか「顔を上げてドリブルをしているけど、逆サイドにパスを出すところまでイメージしているのではないか」や「前にトップスピードで仕掛けたけど、相手が来たから止まって方向を変えて、ドリブルするコースを作ってから進んだな」と、頭の中を覗こうとしています。

3年生になるとドリブルは1往復で終わり、その後は1対1や2対2などをしますが、1年生のうちはフリードリブルの時間を長くとります。その中で「この選手がドリブルの基準だよ」という選手を1人作ります。「この選手のドリブルのスピードが、プロになるスピードだよ」って言ってあげるんです。手本になれる選手は、各学年に1人か2人はいます。スピードがあってボールタッチが速くて、なおかつ途中でプレーをキャンセルすることができて、すぐに違う方向に行ける選手がいるんです。

それができる選手が、日本代表では乾貴士選手であり、中島翔哉選手なわけです。

現代サッカーではＤＦにもドリブルが必要

ドリブルで相手を引きつけておいて、一番良いタイミングでパスを出す技術は、攻撃の選手だけに必要な要素ではありません。センターバックの選手であっても、ドリブルの練習は必須です。

中央学院のセンターバックは、最終ラインからボランチを追い抜いてドリブルをします。多くのチームでそのプレーをすると、監督から「なにやってんだ！」「セーフティーにやれ！」と怒鳴られると思いますが、うちはＯＫです。むしろセンターバックこそ、ドリブルで持ち上がるプレーができなければいけないと思っています。

最終ラインからドリブルで持ち上がれるセンターバックは、ＦＣバルセロナのピケや日本だと冨安健洋選手（ボローニャ）がそうですが、攻撃のオプションとして非常に有効ですし、体が大きくて動けて、対人プレーに強くて、しかもドリブルができるなんて、最高の選手です。

近代サッカーはＧＫですらビルドアップの技術が求められているので、その一つ前にいるセンターバックはなおのこと、ドリブルやパスの能力が必要です。２０１９年のルール改正により、ゴールキックをペナルティエリアの中で受けることがＯＫになりました。センターバックがゴール前でパスを受けたときに、ドリブルで運べるのか、技術がなくて取られるのが怖いから、すぐに近くにいる味方へパスするのかで、その後の攻撃の選択肢が変わります。相手の2トップが前からプレスをかけてきても、2人のセンターバックとGKの計3人で3対2を作ってボールを回し、相手のプレスを回避できれば、前進するスペースが生まれます。このように、ディフェンスの選手には、守備の技術があるのは当然のこと、攻撃的なプレーも必要になるのです。

ちなみに私は、2人のセンターバックのうち、どちらか1人は必ず足の速い選手にします。なぜかというと、中央学院はボールを保持して相手を押し込むサッカーをするので、最終ラインの位置がものすごく高いんですね。裏を返せば、自陣に広大なスペースがあるので、必然的にスピードでカバーできる選手が必要なのです。

監督によって、チームのスタイルは変わります。各ポジションの選手に求められる役割は違いますが、監督が求めるプレーができるか、できないかで試合に出られるか、出られないかが分かれます。だからこそ、大学や社会人、プロになったときに、どんな監督のリクエストにも応えられる選手にならなければいけない。そのためには、失敗して良い最後の年代である高校年代で、チャレンジすることが大切なのです。

他のチームの指導をするときに何をする？

どんな練習をすればいいかを一つ言うと、ボールを1人1個持たせて、自由にドリブルをさせる。そしてミニゲームをすれば、何かしら見えてくるものがあると思います。監督があれしろ、これしろ、そうじゃないと怒鳴っているよりも、選手たちに自由にさせると、楽しそうな姿が見られると思います。まずはそこから始めましょう。だから、私はどこかの県立高校で万年1回戦負けのチームでも、1年間指導したらめちゃくちゃいいサッカーができると思います。大会での勝ち負けは置いといて、選手たちが楽しそうにプレーできるサッカーをさせる自信はあります。

中央学院のコーチは、自分の教え子です。中央学院のスタイルがわかっている人がコーチをやらないと、スタイルがブレてしまうからです。だから、いくらS級ライセンスを持っていても、元Jリーガーで実績があっても、方向性が違う人にコーチは任せられません。

他のチームの指導者に「うちの選手を指導してもらえませんか」と言われたら、まずはフリーのドリブルをさせて、基準になる選手を探します。そして、みんなの前で「この子が基準ね」と言います。そうするとイメージが湧きやすいですし、基準と言われた選手はうれしいので、もっと良いプレーをしようと気合が入ります。

ドリブルの基準になる選手で例を上げると、榎本と児玉は別格でした。彼らは、プレスに来る1人目、2人目は見えているので「3、4人目の動きまで見ろ」とアドバイスをしていました。

児玉に言ったのは「ボールを離すタイミングを見逃すな」ということです。児玉はボールを持つと取られないので、相手を引きつけすぎてしまうんです。そして、全員を抜いてからパスを出そうとする。全員を抜かなくても、相手が足を出してきた所で「かわされた」と思った瞬間にパスを出せば、置き去りにすることができます。1人目、2人目を抜ききってからパスを出すのではなく、抜ききる前のかわしたところで、タイミングよくパスを出すことができれば、リターンパスを受けやすくなります。

プレスに来る相手選手の矢印がどこを向いているか。それを見極めて、1人目をドリブルで抜いて、2人目が来たところでかわしてパスを出せば、その瞬間に2人が置き去りです。

ドリブルができる選手は、相手の動きを見切って、最終的にどのプレーをするのかまでイメージしてほしいと思っています。日本代表の乾選手や中島選手は、相手をかわした後に、地面に糸を引くようなスルーパスを通すことができますよね。目指すべきはそのレベルだと思います。

なぜ多くのチームはドリブルの練習をしないのか？

勘違いしてほしくないのが、中央学院はドリブルの練習だけをしているわけではありません。ドリブルは数ある武器の中の一つという考え方です。ボールを持った選手がすることと言えば、ドリブルをするかパスをするか、もしくはボールをキープするかの三つしかありません。シュートもありますが、シュートはパスの延長です。パスのトレーニングをすることも大事ですが、あまりにボールを蹴ることばかりをしていると、もう一つの重要な武器であるドリブルがおろそかになってしまいます。

ドリブルを練習すると揶揄される傾向が、とくに日本の育成年代ではありますが、サッカーにおいてボールを持った局面ではドリブルかパス、もしくはシュートしか選択肢がないので、その中の一つを徹底して練習することの何がいけないのかと思っています。

ドリブルには緩急が必要なので、トップスピードでドリブルの練習をすることもあります。上手な選手というのは、自分がボールに触る前に「このままだとミスをする」というのがわかっています。だから、直前でプレーを変えることができるのです。ゆっくりプレーをする選手は、ミスをする可能性が減りますよね。極端な話、走って急いでサッカーをするのではなく、歩いてサッカーをするのが一番いいのです。そうすると、ミスにはなりませんから。

どういうことかと言うと、ボールがないところでは素早く動き、ボールにタッチするところでは、歩くようにゆっくりとプレーする。そうすれば、相手が180cm以上あるブラジル人であっても、足の速さは関係なくなります。ヨーイドンでサッカーをすると、スピードや身体能力の差で負けてしまう選手であっても、技術やタイミングの勝負に持ち込むことができるのです。

練習メニューは指導スタッフから提示することもありますが、選手たちが決めることもあります。たとえば、「今日はこのグラウンドの広さで、この人数だけど、どんな練習がしたい？」と聞くと「ドリブルゲームがしたいです」などと言うので、1年生と2年生と3年生をミックスさせて、練習をすることもあります。

基本的に、どんな練習をするかは、週末の試合から考えます。試合を見て、そこで起きた現象を改善するためのトレーニングと、それ以外にステップやドリブルゲーム、フリーのドリブルなど「この練習は続けなければいけない」という練習があります。

そして選手の顔を見て、キャプテンに「今日、どんな練習がいい？」などと聞いてから、最終的に決めます。私の方から「この前の試合はスプリントの回数が少なかったので、スプリントしてボールに触るようなメニューをしよう」などと提案することもあります。

よく他の指導者に「どうすれば、中央学院の選手のようなドリブルができるのですか？」

と聞かれるのですが、ドリブルの仕方を手取り足取り教えているようではダメだと思います。ドリブルの上手い選手は、自分のリズム、技術、相手との間合いなどを自主練の中で突き詰めて、身につけていきます。その結果、ボールと自分の体を自在に操れるようになり、最終的にはボールを奪いに向かってくる相手をも操りながら、足を出したところをスッとかわしていくわけです。そのために、選手の頭の中を覗き、どんなイメージでプレーしているのかな？　と考えること。そして、それに対して的確なアドバイスをして、選手が前向きに取り組めるような環境を作ることが、指導者のすべきことだと思っています。

練習では全体を見る

中央学院のサッカー部を「練習がつまらない」「監督に怒られるのが嫌だから」という理由で辞める選手はいません。そもそも私は練習をしっかりやらない選手に対して、「ちゃんとやれ！」とか「何をだらだらやってるんだ！」「やる気を出せ！」などは一切言いません。「この選手はやる気がないんだな」と思うだけです。外からいくら言ってもダメで、上手くなりたいという気持ちを持って、取り組むことができるのは選手本人だけです。

やる気があって、練習に真面目に取り組んでいる選手は上手くなります。結果として、試合に出るチャンスも増えます。だからコーチには「全体をよく見なさい」と言っています。やる気がない状態が続いたら、その選手が試合に出られないだけなので、すべて自分に返ってきます。それに対して、コーチが怒ってもしょうがないですよね。その本人が、そうしたいと思って自分で選んでやっているわけですから。

基本的に今は「中央学院でサッカーがしたい」という子が来てくれているので、みんな前向きに取り組んでいます。それもあって、公式戦でも基本的に同じスタメンで試合はしませんし、毎回メンバーを入れ替えて、1年生も登録しています。もちろん、その時のベストのメンバーを選んではいますが、技術的に足りない選手であっても、頑張ろうとしていて芽が出そうな選手は積極的に試合で使います。そうやって、刺激を与えるわけです。頑張っていて芽が出そうな時に、水を与えない指導者はいないでしょう。「今だ！」という、刺激を与えることで伸びるタイミングを見逃さないことが、指導者の大事な仕事の一つだと思います。だからグラウンドにお客さんが来て、話をしている間でも、私の目はピッチ全体の選手を見ています。それは選手たちも感じていると思います。「先生に見られているぞ」と。

そうやって選手たちを常に観察し、調子が悪そうだなと思った選手に対しては、そんな素振りも見せずに近づいて「どうしたの？」と声を掛けます。

毎年、卒業生がお別れ会で一言言う場面があるのですが、「あの時にチャンスを貰って、試合に出してもらえたけど活かせなかった。それが悔しくて、大学でもサッカーを続けようと思います」とか、「あの時、試合で使ってもらえたから、そこからもっと頑張ろうという気持ちになって上手くなることができました」ということを、ほとんどの選手が言ってくれます。その姿を見ると、選手たちに芽生えた「もっと上手くなりたい」という気持ちを見逃さず、きちんと水をあげることができたのかなと思うわけです。当然、全員を漏れなく見るのは難しいとは思いますが、なるべく全員を見て、タイミングを逃さずに水をあげられるようにしたいと思っています。

リフティングで基礎のコントロールを身につける

練習にリフティングを取り入れるようになったのは、サッカースタイルを技術重視に変更するようになってからです。選手の技術に定評のある静岡学園やエスポルチ藤沢（ジュニアユース）の練習を見に行き、うちの選手たちにできるのはこれかなと思い、インステップやアウトサイドを使ったリフティング、トーキックやヒールキックなどのリフティングから始めました。

中央学院で取り組むリフティングのトレーニングは、ちゃんと取り組めば3年間で出来るようになります。ですが、最近はリフティングばかりをやらせすぎることの弊害も感じています。なぜかと言うと、足元のボールばかりを見るようになってしまうからです。最近のサッカーは周りをよく見て、認知すること、判断することの重要性がますます高まってきています。そのため足元に視線を落とす癖をつけるのではなく、常に顔を上げて周囲の状況を見て、プレーを選択することが大切です。

もちろん、ボールタッチの感覚は大事なので、毎日の積み重ねが大切なのは間違いありませんが、ボールを見てリフティングばかりをしすぎると視線が落ちてしまうので、「あまりボールを見ないでやろう」と言っています。サッカーが進化してきている以上、昔の練習だけを続けていても、現代のサッカーには適応できませんから。

1年生には「先輩の真似をして、9種類か12種類のリフティングをやろう」と言っていますが、このリフティングをするとどうなるか、どういう狙いがあるといったことは説明していません。

リフティングは遊びの一貫であり、ボールタッチの一種で、選手たちが勝手に練習に来て、勝手にボールに触っているような位置づけでいいと思っています。それをわざわざ、練習の中に組み込む必要はないのかなと。

日本の子どもたちに「この練習をしなさい」と言うと、黙々とやりますよね。それが、すごく嫌なんです。そのため、今はリフティングは練習の最初の5分間で9種類と12種類を、一度も地面に落とさずにやるだけにしています。

1週間経ってもできない選手は、下のカテゴリーに落ちて、もう1回ボールタッチの練習をしてきなさいという感じです。やはり最低限のボールタッチ、ボールコントロール技術と、それをやりきるための努力、集中力は必要です。

私は現役時代、ドリブルが苦手でパスばかりしている選手でした。そのため、ドリブルで抜かれると「なんで抜かれるんだろう？」「なんで簡単に、相手と入れ替わってしまうんだろう？」と考えていました。

私が大学1年生の時に、3年生に静岡学園出身のドリブラーの先輩が2人いて、その人たちに「どうすればドリブルが上手くなりますかね？」と聞くと「お前は浮いたボールのトラップが下手だから、リフティングをした方がいいよ」と言われて、取り組んだら、まずトラップが上手くなりました。それから、大学3年、4年生になると、ドリブルで相手を抜けるようになってきたのです。リフティングを続けていただけなのに。

私は技術的に飛び抜けたものはなかったので、ボールを受ける前にどうやって相手を騙すか、逆を取るかといったことをいつも考えていました。リフティングで培った浮き球の処理で相手を上回り、スムーズにドリブルで抜く動きに繋げていったのです。ボールを受ける前の動きで相手の逆を取り、有利な状況で突破を仕掛けることを「ゼロのフェイント」と言っていますが、それも相手を抜く方法のひとつです。

PNFでしなやかな動きを身につける

中央学院の練習を語る上で欠かすことができないのが、高田一壽《かずひさ》先生の存在です。高田先生は体のことについては神様のような人で、全幅の信頼を寄せています。中央学院では練習前にストレッチとステップをするのですが、これはすべて高田メソッド（PNFトレーニング）で行っています。これを取り入れてから怪我人が減りましたし、体の動きがしなやかになりました。中央学院はドリブルや球際の奪い合いなどがポイントになるのですが、高田メソッドでトレーニングをしてからは、選手の動きが見違えるようになりました。いまでは噂を聞きつけた、全国のジュニアユース、高校のチームが取り入れています。

高田先生との出会いは、聖和学園（宮城）の加見成司監督がきっかけです。ある年に聖和学園が練習試合に来て、うちが勝ったことがありました。加見監督は「もっと頑張ってきます。また練習試合をしてください」と言って宮城に帰り、1年後に同じメンバーを連れて練習試合に来ました。そうすると「あれっ？」と驚くぐらい、選手のプレーが変わっていたんです。ボールの触り方や体の使い方が驚くほど変わっていたので、「なにしたの？」と聞いたら、「ストレッチを始めたんです」と。練習内容も選手も変わっていないのに、ストレッチを取り入れたことで、プレーがガラッと変わっていました。聖和の選手が上手くなっているので、今度はうちの選手がボールに全然触れないんです。

加見監督は「高田先生のストレッチをすると、動きがしなやかになるんです。怪我も減るし、良いですよ」と言うので、「これだ！」と。当時の中央学院には、第五中足骨骨折やシンスプリント、ヘルニアなどで手術をする選手が毎年いました。怪我人が多かったので、高田先生に

高田一壽先生に指導していただき、練習前にストレッチとステップを取り入れるようになって、選手の動きが見違えるようになった

頼み込んで、来てもらうことにしました。

高田先生が中央学院の練習や試合を見て「選手たちの能力は高いのに、体の使い方がおかしい。これじゃあ怪我しますよ」と言うので、ステップとコンディショニングをしてもらうことになりました。いまでは、高田先生が流経大柏や市船との試合を見に来て、こういうことをしましょうと、足りない部分を補うトレーニングをしてくれています。

高田先生は「人間の体というのは、上を動かすと下が動きます。下から上には動きません」と仰います。中央学院の選手は下（足下を中心とした下半身）ばかり動いていて、上（胸や背中）が動いていないので、体に負担がかかって怪我をするそうです。ストレッチとコンディショニングを1年、2年、3年と続けることで怪我人が減りましたし、長期離脱する選手はかなり少なくなりました。

ドリブルの上手な選手は股関節が柔らかく、反転する動きや逆を取る動きが速いんですね。榎本や児玉も高田先生のトレーニングをすることで、開脚でパカッと開くようになりましたし、怪我をしなくなりました。

上手な選手はすね当てをしない

あるJクラブのスカウトの人から聞いた話ですが、中村俊輔選手（横浜FC）は練習で若い選手にファウルをされた時に怒るのではなく、「お前は上手いんだから、ファウルしなくてもボールを取れるだろう？」と言うらしいです。中央学院も中村選手と同じ考えで、「ファウルをする方ではなく、ファウルをされる方になりなさい」と選手たちに言っています。

相手がファウル覚悟で止めに来ることもよくあるのですが、そこでかわせる身のこなしであり、ドリブルの練習をするのです。相手からボールを奪う場面では、「ファウルをせずに奪うための努力をしなさい」と言っています。中央学院でよくやるドリブルゲームは、まさにそこを鍛えるためのトレーニングです。

私は練習やミニゲームでは「すね当てをしろ」とは言いません。なぜならば、上手な選手は相手に足を出されても、接触せずにかわすことができるからです。相手に足を蹴られるのは、下手だからでしょう？　と（笑）。児玉は練習の時は、足首までしかないソックスを履いていていました。他のチームとの練習試合ではすね当てをしますが、ミニゲームや紅白戦ではすね当てはしなくてもいいんです。「怪我をしてもいいなら、すね当てをしなくてもいいよ」と。そこは自分の責任でやればいいわけです。相手との接触を嫌がらず、ガツガツとボールを奪うタイプの選手はすね当てをしたほうがいいですが。

榎本も練習ではすね当てをしませんでした。そういう話を選手たちにすると「自分も真似します」とか言うのですが、下手な選手が真似をしても怪我をするだけです。もちろんチームメイト同士なので、「ガッツリと、深いところまでは行くなよ」とは言いますが、「ここで足を出したらぶつかるな」というのは、上手い選手ほどわかりますよね。下手な選手ほど相手にぶつかられるので「小学生かよ」とおちょくったりします（笑）。

すね当てをしていないと、相手が足を出してきたところでかわさないと、ぶつかって痛いだけです。普段よりもシビアに見切ってかわそうとするので、神経が研ぎ澄まされて良いかもしれないと思っています。

メンバー外の選手もキャプテンにする

中央学院のサッカー部員は1学年30人。全体で90人程度です。指導スタッフの数とグラウンドの都合上、部員をこれ以上増やすことはできません。私とコーチ2名の計3人で運営しているので、その人数をつぶさに見るのは大変な作業です。

だから、日々のコミュニケーション、声掛けを大切にしています。くだらないことで良いので、気になる選手には「最近どう？」とか「よく寝てるか？」とか、一声掛けるようにしています。

時間があれば、1、2年生の試合も見に行きます。最初は会場の隅で黙って見ているのですが、中にはすぐに気がつく選手もいるんですよね。「先生、来ているのわかりましたよ」とか言ってくるので、「気づいたのか。視野が広いな」など軽口を言い合っています。

キャプテンは各学年によって、ガラッとカラーが変わります。今年（2019年度）の3年生のキャプテンは、試合に出ていない、一般受験で入ってきた選手です。セレクションには落ちてしまったけど、「中央学院でサッカーがしたい」と勉強で入ってきた選手で、誰よりも練習をしますし、仲間に嫌なことも指摘できる選手です。技術的にはトップチームの選手に及びませんが、誰よりも練習するので、3年間で一番上手くなった選手だと思います。そんな彼ですが、流通経済大学のセレクションに受かったので、卒業後も関東屈指の大学でサッカーを続けるそうです。関東大会もインターハイ予選もメンバーに入っていない選手が、腐らずに努力を続けて、大学でもサッカーを続けるのは、私にとってもすごく嬉しいです。高校3年間でサッカーを嫌いにさせなかったんだな、と思います。

伸びる選手、大学やプロで活躍する選手は、何よりもサッカーが最優先です。サッカーが一番にならないと、上のレベルには行けません。素直に『サッカー小僧』になれるかがポイントで、榎本や児玉、ファジアーノ岡山でプレーする武田拓真や大宮アルディージャのイッペイシノヅカもサッカーが一番だったから上手くなって、プロから声が掛かるようになったわけです。

1年生のうちは、自主練がとくに大事

基本、月曜日は全体練習はオフにしています。でも1年生は休みなく練習をします。そもそも練習量が足りないのと、広いグラウンドでトレーニングできる機会が少ないので、他のカテゴリーがオフの日に練習をします。

2、3年生は、月曜日は5時間目まで授業をして、その後は映像を使ってミーティングをします。その間、1年生はグラウンドで紅白戦をします。

1年生のうちは試合をたくさんやらなくても、自主練する時間が多い方が上手くなります。自主練でリフティングをすることはすでに言いましたが、これはボールタッチの感覚と浮いたボールに対する処理を身につけるために行います。浮き球を弾くことしかできないと、相手ボールになってしまいますから。2、3年生になると、リフティングは体をほぐすためのウォーミングアップであり、もし取り組むのであれば、身長の倍の高さにボールを蹴り上げ

て、落とさないように何度か繰り返すといった形が良いと思っています。イメージした高さにボールを蹴り上げる感覚、滞空時間の長いボールをどうやって処理するか。それは、足先だけのリフティングでは養えない部分です。試合の中で使うことのできない技術では意味がなくて、ただの曲芸になってしまいますので。

メディアが「中央学院＝ドリブル、リフティング」という伝え方をしていますが、それは本質ではありません。ドリブルしかしないチームだと誤解されていますが、試合を見てもらえれば、全然違うことがわかると思います。当然、ドリブルもしますしパスもします。児玉が中央学院に入る前に「僕はドリブルはあまりしたくありません。パスが好きなんですけど」と言っていましたが、それで良いんです。パスを極めれば。でも、パスを成功させるためにも、その前段階でボールを奪われない技術が必要になります。児玉は体が小さかったので（いまでも小さいですが）、「簡単にボールを奪われる選手だと、プロにはなれないよ」と言ったら、相手をドリブルで抜く喜びを覚えて「サッカー楽しいです」となり、プロに行きました。

3年間やり抜くことで武器になる

高校の3年間でなにか一つのことに取り組むことは、長い目で見て大きな成果につながると思っています。ドリブル、キック、シュート、ヘディング、対人守備など、なんでもいいのですが、一つのテーマを決めて3年間、自主練でやり抜くと、気がつけば誰もが止められないような武器になっています。

ドリブルであれば、まずは相手に取られない「キープのドリブル」を身につけてから、次に「相手と入れ替わるドリブル」をできるようにしていったり。そのためには練習というか、ボールを使って遊ぶことが大切です。児玉はずっと遊んでいましたから。ボールを蹴って人にぶつけて逃げたりとか、フリーキックや無回転キックをひたすら蹴っていたり。コーチに言われてやる練習よりも、遊びの中で取り組んだ方が絶対に上手くなるんです。だから練習は「もうちょっと体を動かしたいな」とか「これをやってから帰りたいな」と思わせるぐらいの方がいいんです。お腹いっぱいよりも腹八分目にしたほうが、「あと一品食べられるな」と思うのと同じで（笑）。でも、いまの高校サッカーの現状を見ていると、練習のさせすぎ、教えすぎで、食べたくもないものをコーチが無理やり食べさせているケースが多いように感じています。そのような状況で、はたして選手自身から上手くなりたい、もっとこんなプレーができるようになりたいという気持ちが湧いてくるのかは疑問です。

どんな監督の要求にも応えられる選手になる

1年生は夏休みが終わった段階で「何が出来なかったのか？」を整理します。個の技術でボールを運べなければ、運ぶことから入りますし、運べるのであればパスに入っていきます。そこで「パスって何だろう？」という考え方を伝えて、冬までにパスを使えるようにしていきます。そうすると年が明けた頃には、ある程度ドリブルとパスの併用ができるようになるので、そのあたりから、ポジションの適性を見ていきます。

2年生になる前ぐらいにポジションを固定し、「自分たちでフォーメーションを決めて、好きなポジションでプレーしていいよ」という形で試合をすることもあります。そうすると、自分はFWしかしない、ボランチしかできないと言う選手が出てくるのですが、監督やコーチが変わると、起用されるポジションが変わることもあります。だから、一つのポジションしかできません、やりたくありませんというのは、自分の首を絞めることと同じです。

選手には「もし日本代表に選ばれて、チームではボランチでプレーしているかもしれないけど、代表でサイドバッグをやれと言われたら、『自分はボランチだから嫌です』と言うか？サイドバックでもプレーするだろう？じゃあ、ここでもやろうよ」と言っています。そのスタンスはとても重要です。

監督やコーチが要求するサッカーに対して、選手は技術を使って表現しなければいけません。「とにかくボールを持ったら前に蹴れ」という監督であれば、蹴る力がなければ試合には出られません。

私は、どんな監督の要求にも応えられるような選手になってほしいと思っています。そこが中央学院の肝です。そのような指導方針なので、大学の監督やコーチからは「中央学院の選手は使いやすい」と言われることが多いです。「中央学院の子は、ここのポジションをやれと言ったら、嫌な顔もせずにやるんですよ」と。

選手には「与えられたポジションを楽しめ」と言っています。そのポジションでプレーするにあたって、自分の技術をどう使えばチームに貢献できるかを考えてプレーしてほしいです。監督が求める、その期待を上回れば試合に出られるわけで、そのためには技術がなければいけません。ボールを受けたらすぐに前に蹴ってしまう選手を、試合で使いたいと思わないでしょう。『使い勝手のいい選手』にならないと、試合に出られないいんです。それは1年生のうちから、いろいろな例を出しながら話をします。だから、最初から一つのポジションでプレーし続ける選手は少ないです。児玉はボランチや1・5列目、右サイド、左サイド、FWと、中盤から前のすべてのポジションで起用しました。2年生の時は「守備をしないから」という理由でボランチで起用し、「お前が守備をさぼったら、全部やられちゃうからな」

と言ったこともあります。

なぜ様々なポジションで起用するのか。それは、高校年代で選手のポジション適性を決めるのは、おこがましいと思っているからです。高校生は可能性の塊なので、私以外の指導者が見たときに、違う評価がもちろんあります。高校年代は伸びしろを大きくするための最後の段階で、ここで決めつけてしまってはダメ。だからこそ、色々なポジションでプレーさせて、体験させた方がいいんです。

「試合の流れを読める選手」にならなければいけない

2年生からは「試合巧者」になっていかないといけないので、90分、80分の使い方をチームで考えられるようにしていきます。いわゆる「試合の流れを読む」というやつです。私は「勝負どころのプレー」という言い方をするのですが、そのパスが通ったか、それともミスをして奪われるのか。それがきっかけで得点につながったり、失点につながるプレーというのがあります。そこは見逃さないようにしています。

技術は高いけど、自分の好きなプレーしかしない選手だなとか、チームにプラスになるプレーをする選手だなといった部分を見ていきます。

なかには、周りをダメにしてしまうプレーというものもあります。例えば、中盤の選手がサイドでボールを受けて、外側をサイドバックがオーバーラップした時は、パスを出すべきなんです。パスを受ける前、ボールが転がっている間にサイドバックが上がるのが見えるので、そこで「使おうかな、使わないでおこうかな」と考えて、結局使わない。そしてボールを奪われてしまい、サイドバックが急いで戻る。スタミナをロスするだけなので、そのようなプレーは良くありません。

2年生ともなれば、リレーでバトンをつなぐような気持ちで、ボールを繋いでいってほしいんです。日本の陸上はオリンピックでメダルを獲りましたが、バトンリレーをボールを使ってやるイメージです。

技術を重視するチームの「あるある」が、相手を一方的に押し込みながらも、カウンターやセットプレーで失点して負けるケースです。攻め込んでいて、シュートを何本も打っているのに入らない。「いつ入るんだよ」と思いながらやっていると、カウンターやセットプレーで失点しまう。また、シュートを外した残像が頭に残っていて、攻守の切り替えが遅れ、あれよあれよとパスをつながれてゴール前まで行かれることもよくあります。そうならないために、2年生は攻守の切り替えを速くする部分にもコーチングしていきます。

1年生でも、できる選手は抜擢する

3年生になるとポジションはメインが1つ、サブで1つと2つ程度に絞るので、各ポジションですべきことを明確にしていきます。

中央学院のサイドバッグは、左右両方のポジションでプレーすることができます。右利きでも左サイドバックでプレーできますし、左利きでも右サイドバックをやります。他にも複数のポジションでプレーできるようにしていくので、レギュラー陣に怪我人がいたとしても、中央学院らしいサッカーができるんです。

学年ごとにテーマを設定して、段階的に指導をしていきますが、1年生であっても、技術があって賢い選手は3年生のAチームに入れて、公式戦で使います。3年生としては、一度も一緒に練習したことのない1年生が、いきなりスタメンで出るので「この選手、名前何だっけ?」というレベルなのですが（笑）。3年生は「この1年生はどんなプレーをするんだ?」と見ているわけです。そこで私が1年生にするアドバイスは「お前が周りの先輩を動かせ」です。技術と賢さはすでにあるので、ボールを持ったら自分が相手を引きつけてパスを出し、リターンパスをもらってシュートに持ち込むのか。それともドリブルを起点にチャンスメイクするのか。「先輩たちが動いてくれるので、相手が寄せてきた瞬間にパスを出して攻撃を作れ」と言うと、ある程度できるんですね。

ただし、ほとんどの1年生は最初からそのレベルにはないので、2年生、3年生と学年が上がるにつれて、できるようにトレーニングしていきます。

児玉は1年生のときからできていたので、すぐに試合に出して「自分が思う通りに、好きにやっていいから。先輩になにか言われても、『すいません』とだけ言って、聞き入れなくていい」と送り出していました。

ボールを止めるプレーにも種類がある

どのチームも、ボールを止める・蹴る・運ぶの練習はすると思いますが、中央学院の1年生がする「止める」には、いくつかの種類があります。

まずは足下にピタッとボールを止める。それができるようになると、次は相手が予測するところとは違う位置にボールを止める。左足で止めると見せかけて、右足で止める。ボールを動かしながら止めるなど、様々な「止める」があります。でも大切なのは、キックもドリブルもできる位置にボールを置くことです。状況に応じて、ベストの止める位置は変わります。密集地帯で足下にボールを止めると、相手にガツンと寄せられてしまいます。そこで、足下に止めるふりをして、ボール1個分ずらして止めれば、相手の予測と違うところに止めることになります。このように、状況に応じたプレーの重要性はうるさく言います。

それを身につけるために、ドリブルゲームや狭いグリッドの4対4などを行い、実戦を通じて身につけていきます。勘の良い選手は、「だから狭いグリッドでやるんだな」と気がつきますし、気づかない選手であっても、4対4をする中で上手くいったときとミスをしたときの違いに気がつけば、「足下にボールを止めすぎたな」「ファーストタッチで相手の逆を取るためには、どうすればいいんだろう?」と考えるようになります。

最初は選手のイメージを尊重したいので、なるべくプレーは止めません。夏までは自由にやらせます。そこで選手のプレーを見ながら、「この選手は相手が左から寄せてきたら、絶対にアウトサイドでトラップをしてボールを持ち出すんだな」といったクセを見ていきます。その場合、体をぶつけられたり、近くに寄せられたときに取られてしまうので、ボランチではなくサイドで使おうかなとイメージしていきます。

中央学院の1年生がする練習

1年生の時はストレッチとステップ、フリーのドリブルとドリブルゲーム、ミニゲームが練習のベースになります。学校のグラウンドが狭いので、15歩×20歩のサイズでゴールをつけて3対3をするのですが、対人プレーやボールコントロールはもちろん、スルーパスを出すタイミングも養いたいと思っています。見えている手前のエリアだけで勝負するのではなく、見えていないところにアタッカーが入ってくるタイミングを合わせて、パスを出す感覚を身につけるために行います。

というのも、どうしても、中央学院＝ドリブルのイメージがあるので、足下でボールを受けてからプレーをスタートさせる選手が多いんですね。スペースでボールを受ける意識が希薄になるので、見えている範囲でしか動かなくなってしまうのです。

でも、足が速い選手は狭い所でボールを受けなくても、パスが出てくるタイミングを逃さずに走り込めば、効果的なプレーができますよね。そのタイミングを見逃さず、ファーストタッチでイメージ通りのところにボールを置いて、次のプレーに移ればいいわけです。

ただし、スピードに乗ってボールをコントロールする、ファーストタッチの技術は狭いスペースでの練習で身につける必要があります。ボールを失わないキープなのか、相手に奪われないドリブルの仕方なのか。ファーストタッチで相手を抜くのか、抜ききらずにシュートまで持っていくのか。これはミニゲームを通じて、実戦の中でトレーニングしていきます。

練習の流れとしては、2、3年生は最初の15分はストレッチ。次に10分間ステップをして、その後、ボールを使った練習を2時間から2時間半ほど行います。全体練習ではミニゲームなど対人の練習が多いので、キックの練習は自主練でやろうと言っています。もし全体でキックの練習を取り入れるのならば、2人1組でそれぞれハーフウェイラインとペナルティエリアの手前のラインに離れて立ち、浮き球を落とさずに蹴り合う練習をさせます。ボールをうまく蹴れない選手は自分で練習すべきで、それを全体練習でする必要はないと思っています。そもそも、センターバックの選手にシュート練習は不要です。それよりもヘディングや対人など、すべき練習はあります。それぞれが自分のポジションに必要なプレーを練習すればいいというのが、私の考えです。

全体練習の中で言うのは、ボールを受ける前の駆け引きや相手を外す動きといった、ポジション関係なく、サッカーをプレーする上で必要な部分についてです。

たとえば、ボールを受ける前に、相手に近寄ってからパッと離れてスペースを作ったり、相手と同じラインに並び、相手が動いた瞬間に裏に出る動きなどです。

最終的にシュートを決めるのは、個人の技術になります。全体練習である程度、動きのパターンを作って、この選手がシュートを打つというお膳立てまではできますが、ボールを蹴ってゴールに入れるのは、個人の技量です。

日本サッカー協会のA級指導者ライセンスを受講して思ったのが、A級ではシュートの練習はしないんですね。でも、B級ライセンスではやります。B級は個人に特化した内容が多いからです。サッカーは点を多く取ったチームが勝つスポーツなので、なぜもっと点を決める部分にフォーカスして、トレーニングしないのかと思います。ボールポゼッションや中盤の守備、前線の崩しなどはよくやりますが、ストライカーを育成していくためにも、もっと点を決めるための情報や世界各国の取り組みなどの研究共有などがあるとうれしく思います。

練習の内容は選手の顔を見て決める

その日の練習で何をするかは、選手の顔を見て決めます。トップチームの場合はリーグ戦の内容を見て、修正することがあれば、その週のトレーニングで行います。

高校1年生は、夏休みが終わるまでは『中学4年生』だと思っているので、それまではボールを止める・運ぶ・蹴ることについて取り組んでいきます。

その中でも大事にしているのが、ボールを止めることと運ぶことです。蹴る（キック）ことに関しては、2、3年生になってから練習しても十分間に合いますが、ボールを止めること、運ぶことに関しては、中央学院サッカーの生命線なので、1年生のうちから取り組みます。

狭いスペースでピタッと足下にボールを止めたり、相手の動きを観て、わざとボール2個分外側に止めておいて、相手が足を出してきたところでかわすといったプレーをよくします。

1年生には、「パスできるところをドリブルで運び、味方の足下に置きに行く」という言い方をします。パスをして、ボールを蹴って味方に渡すのではなく、チームメイトがいるところまでドリブルをしてボールを運び、足下に置く。パスをするより、ドリブルの方がボールの移動にかかる時間は長いです。スピード自体は遅くなるのですが、その分、長い時間ボールを持っていると考えることもできます。

高校生の試合で40分ハーフだと、1人あたりのボール保持時間はおよそ6分だと言われています。私の感覚だと、普通のチームは3、4分です。中央学院はその倍の時間、8分はボールを持ちたいと思っています

パスできるところをドリブルで持っていけば、途中でインターセプトされることはありません。ボールを運ぶことによって、相手選手は誰かしら寄せに来るので、そこで引きつけてヒールで落として、スイッチしても良いわけです。

中央学院と試合をするチームは、守備のチャレンジ&カバーを徹底して来ます。最終ラインのスライドも速いので、そこをパスで崩そうとしても相手の思うつぼです。そこで、ドリブルで仕掛けると、必ず誰かが寄せに来るので、相手チームの選手同士が重なります。その瞬間にパスを使えば、フリーの選手ができます。相手がスペースを消す守備をして、「自分

のマークはこの選手」と決まっている中で、パスで崩すのは難しいですし、なるべくボールを持つ時間を長くしたいという考えから、他のチームの選手が1回しか触らないところを、2回、3回と触るように持っていきたいと思っています。

ドリブルとパスが一体となったプレー

1年生には『ドリパス』という言い方でイメージを持たせます。ドリブル＋パスの造語で、ドリブルとパスが一体となったプレーという意味です。

練習ではグリッドを作ってコーン置いて、パス&コントロールをするのではなくて、パスを出してリターンを受けて、ドリブルで運ぶところまでがワンセットです。その方がボールにたくさん触ることができるので、1年生のうちはそれをやります。

横パスやバックパス禁止のルールをつけた、5対5のミニゲームもよくやります。この練習はゴールを置かずに、狭いスペースの中でボールをしっかり触ること。そして狭いスペースに相手をおびき寄せておいて、逆サイドにできる広いスペースを見えるようにするのが狙いです。

1年生のうちは、グリッドサイズは25歩×25歩〜30歩。1歩が1メートル換算です。このサイズで5対5をすると、1年生のうちはなかなかうまくプレーすることができません。それを続けていくと、2、3年生になるとできるようになるので、守備時はマンツーマンにしたり、ゾーンにしたりと調節していきます。

週末の試合を観て、サイドを変えるボールが少なかったなと思えば、25歩×40歩の横長のグリッドにして、右に相手を集めておいて左にパスを出すことや、前一辺倒ではなく、横や後ろにドリブルをして相手を動かしておいて、できたスペースにボールを送ることを意識させます。

「相手を狭いところにおびき寄せておいて、逆サイドにできた広いスペースを使う」というコンセプトは変わらないので、それをするために、狭い局面でボールをキープすること、相手を抜くこと、かわすこと、パスをつなぐことを鍛えていきます。それが5対5など、少人数トレーニングの狙いです。

ただし、中央学院はドリブルを多用するスタイルだからといって、狭いスペースにドリブルで突っ込んでいくプレーはダメです。

私は「狭いところでボールを触りなさい」とは言いますが、目的は広いスペースにボールを運ぶことなので、闇雲に密集地にドリブルで向かっていけばいいわけではありません。その状況判断をしっかりと伝えないと、選手たちは、「先生は狭いところでボールを触れと言ったのに、ドリブルをすると怒られる」と勘違いしてしまいます。何のミスなのかは、指導者が明確に提示してあげることが大切で、それが選手たちの迷いを晴らすことにもなります。広い所にボールを運ぶために、狭い所をわざと作っているので、狭い中で相手に突っ込むドリブルをしてもしょうがないわけです。常に「空いているスペースはどこだ？」と探しながら、プレーしなければいけません。そういった空間の使い方は、絶対に大切です。

そんな面倒なことをしなくても、正確なロングキックで局面を変えることのできる選手を獲得すればいいのですが、中央学院に来る選手はボールに触りたい子ばかりですし、そもそもそんなタレントを獲得することはできません。中学時代に目立っている子は、Jリーグのユースチームや千葉県内の全国レベルの高校、全国大会に何度も出場している高校に持っていかれてしまいますので（笑）。

高校年代が、リスクを背負える最後の年代

当然、ボールを持つ時間が長ければ長いほど、リスクを背負うことになりますが、それは承知の上です。なぜなら、高校年代が「リスクを背負える、最後の年代」だからです。失敗しても問題ありません。練習で上手くなるためには、たくさん失敗すること。失敗は成長の

過程です。だから、ボールにたくさん触らせたいんです。

よくやる練習メニューは5対5や4対4、3対2です。3対2は数的優位ができるので、人数の多い側は力を抜いてプレーすることができます。そこで、2人の間をドリブルで突破するとか、ギャップにパスをつけてリターンをもらい、広いスペースに展開するといったことを、力を抜いてやってほしいんです。

4対4は数的同数なので力が入りますが、3対2のように1人多いと、絶対的に攻撃側が有利です。だから力を抜いて、相手の逆を取りながら、左にパスを出すふりをして間を通したり、右に出したりとプレーのアイデアが湧いてきます。2対2の状況を作られたら、1人が近寄っていって、守備側2人の間を通すのか、スイッチするのか。相手に近づくことで引きつけておいて、空いているスペースを使うといった感覚を身につけてほしいと思っています。

3対2は力を抜いてできるので、ウォーミングアップでやります。グリッドは区切らず、5人1組でいたるところでボールの奪い合いが始まるイメージです。

全体の練習の流れとしてはストレッチ、ステップ、リフティング、ドリブル、対人の練習をして、あとは3対3や4対4などのゲーム形式が多いです。ゲーム形式の練習はハーフウェーラインをペナルティエリアに見立てて、2タッチ以内でプレーするとか、相手陣地に入ったら全部ダイレクト、スイッチはOKといったルールをつけてやります。ただし、近い距離でコンビネーションプレーの練習ばかりしていると、ロングパスをしなくなるデメリットもあるので、センターバックにはルールを設けず、長いボールを蹴るのもOKとしたりと、選手のプレーを見極めながら設定を変えていきます。

良い練習をするためには、常に選手たちの様子を観察することが重要です。彼らが、どんな練習をすればいいかを教えてくれます。上手くできなかったら、ルールや設定を変えればいいわけで、この練習は違うな、こっちの方がいいなと思ったら、すぐに変えます。

極端な例で言うと、「相手陣地に入ったら、ドリブルしかしてはいけない」というルールでゲームをすることもあります。当然、守備側はドリブルで抜いてくることがわかっているので、一目散に奪いに来ますよね。そうすると、相手に引っかかって取られる場面も出てきます。その、相手に引っかかるタイミングを体で覚えてほしいのと、周囲の選手には「この選手はドリブルをするけど、相手に取られるんじゃないか」と察知して、サポートするポジションをとってほしいんです。それは、攻守の切り替えの準備です。

インターハイが終わった頃に、この練習はよくやります。まず春から6月頃にかけては、選手たちは何ができて、何ができないかを見極めて、夏場に足りない所を伸ばしていきます。そして9月からはチームとして形作る時期に入ります。

守備のリスクマネジメント法

他のチームの監督に「カウンター攻撃を受けた時の守備はどうしているのですか?」と聞かれることがあります。前提として、中央学院は自分たちがボールを支配することが多く、点を取られるとしたらセットプレーやロングキックを蹴られて、最終ラインが処理を手間取っている間にボールをさらわれて決められるといった形が多いです。

選手たちには「相手は長いボールを蹴ってくるんだから、準備していないとやられるよ」と言っています。最終ラインの選手がカウンター攻撃に対する準備をしておらず、ボールばかりを見て、試合の流れを見ていないと、「ボールの動きはいいから、相手の攻撃の選手をしっかり見ろ」という指示をします。中央学院はボールを保持している時間が長いので、守備の選手も知らず知らずのうちに、ボールの行方を目で追ってしまいがちなのです。

しかし、そのような状況のときこそ、カウンター攻撃を受けた時のリスクマネジメントが必要で、最終ラインの選手の重要な役割になります。

練習では、相手の2トップにセンターバックがマンツーマンにつく守り方などもします。ディフェンスで足が遅い選手であれば、相手と近づきすぎずに、少し下がったポジションをとることも重要です。

試合では、センターサークルの自陣側の半円のところにラインを引いて、そこを最終ラインと設定し、それより前の位置でボールを保持することを目指すのですが、市船などの強豪チームと試合をする時は、そのラインを5メートルほど下げます。

試合中、自分たちがボールを保持してパスを回したり、最終ラインからビルドアップをして、人数をかけて攻め込んでいるときに、前進できずにセンターバックまでボールが戻ってくることがあります。

そのとき、センターバックがボールを受ける位置がいつもと同じなのか、ハーフウェーライン付近なのか、それとも通常よりも5メートル押し込まれているのか。状況を見てポジショニングを微調整することは、センターバックの選手に求めるタスクです。

なぜかと言うと、自陣のゴールからハーフウェーラインまでの65メートルは、原則としてゴールキーパーとディフェンダーの選手でカバーしなければいけないからです。

ボールを保持して人数をかけて相手を押し込み、相手陣内でサッカーをしていると、カウンター攻撃を受けた場合は数的不利になります。市船や流経大柏など、前線にスピードのあるアタッカーを揃えたチームに対しては、最終ラインの高さを通常のチームと試合をする時の位置ではなく、あらかじめ5メートル下げておきます。そうすると、その分対処する時間ができるわけです。

これを「時間のフライング」と言っているのですが、チーム全体の約束事というよりは最終ラインとGKの選手で考えて、プレーするべき場面です。自分の方が相手FWよりスピードがあると思えば、それほど下がる必要はありませんし、相手の方が速ければ、低い位置から対応することで、「よーいドン」でプレーしなくても良くなります。

最終ラインの選手に言っているのは「1対1の状況は抜かれなければいい。引き分けでいいので時間を稼いで、中盤の選手が戻ってきたら挟み込んで、数的優位を作って奪うこと」です。中央学院はボールを保持して相手陣内でプレーする時間が長いので、カウンターを食らった時に一発でディフェンダーが飛び込んでかわされると、自陣ゴール前に広大なスペースができてしまいます。そこを使われると決定的なピンチになるので、攻撃のスタイルから逆算して、守備は相手の攻撃を遅らせて、相手陣地にいる選手たちが戻ってきてからボールを奪うというやり方をしています。

チームによって採用する戦術はそれぞれ違うと思いますが、これが中央学院の守備の方法です。

PENALTY

第5章
関係者インタビュー

指導で大事にしているのは、選手の個性を活かすことと技術を大切にすることです

村田信行

カナリーニョFC／流通経済大学女子サッカー部監督

PROFILE

Nobuyuki Murata

●1972年愛知県出身。中京高校(現・中京大中京高校)ー中京大学ーJFL東芝ーコンサドーレ札幌ーブレイズ熊本。カナリーニョFC代表、流通経済大学女子サッカー部監督を務める。

濵田先生は私に会って、中央学院のサッカースタイルが変わったと言ってくれていますが、私の方こそ濵田先生は恩人だと思っています。

中央学院のグラウンドを貸してくれたことで、カナリーニョのジュニアユースを立ち上げることができましたし、非常勤講師としても11年間、中央学院にお世話になりました。

出会った当初は「カナリーニョと中央学院で6年スパンで選手を育てよう」という夢をお互い語っていました。

現在、中央学院のコーチをしている吉岡がカナリーニョジュニアユースの一期生なんです。そして彼が2年生のときに、初めて中央学院が関東大会に出場しました。

指導で大事にしているのは、選手の個性を活かすことと技術を大切にすることです。パス&コントロールをするにしても『ボールを運ぶ』という選択肢がある中でするからこそ、パ

スが活きてくるわけです。

現役時代、私はユース代表に選ばれ、プロになることはできましたが、選手生命はそれほど長くはありませんでした。理由のひとつは、技術がなかったからだと思っています。同期で東海選抜のチームメイトだった、名波浩、大岩剛、薩川了洋といった選手は、それぞれのストロングポイントに加えて、技術が高かったんです。それに気がついたときに、第二の自分を作ってはいけないと思い、より技術指導の重要性を感じました。

よく「ドリブルだけで勝てるわけがない」と言われるのですが、私は逆の発想で「パスだけで勝てるわけがない」と思っています。最後の場面で相手を崩すためには、当然ドリブルの技術も必要です。だから、ボールコントロールの練習はたくさん取り入れましたし、高田FCやセゾンFCなどに見学に行かせてもらい、練習メニューも参考にさせてもらいました。それを私が選手たちに見せると「どうやってやるんですか？」と食いついてくるわけです。そこで、自主練でできるようになるまで取り組む選手が成長しますし、結果としてサッカーがうまくなるという循環がありました。

そうなるためには、私も必死でした。他のクラブからリフティングのメニューを教えてもらったものを、空いた時間に練習してできるようにして、選手たちに見せるということを続けていました。余談ですが、大人でも練習するとうまくなるんです（笑）。

濵田先生も選手たちの姿を見て、技術を中心としたスタイルに共感してくれて「このサッカーで千葉県を獲ろう」と意気投合しました。

当然、当時と今とではサッカーも変化してきているので、ドリブルだけでは通用しません。濵田先生は個人の技術は大切にしながらも、状況判断やチーム戦術なども取り入れながら、指導されていると思います。

ただ、高校3年間という限られた時間に、技術以外の部分に目を向けて、その部分をつけさせようとすると、技術が伸びるスピードはガクッと落ちます。何かに特化した『武器』を身につけさせるためには、他のことを犠牲にする必要があると考えています。

それをすると、個人は伸びますが、チームとしての結果にはつながりにくい部分もあります。やはり保護者の方や選手自身も、全国大会に出ていないチームよりも、華々しい舞台でスポットライトを浴びているチームに行きたいわけです。その考えも仕方がないことだと思いますが、我々指導者が結果に対して右往左往すると考え方がブレることになるので、中央学院のサッカーを理解して、共感してくれる選手に来てほしいと思っています。

私が中央学院でコーチをしていた頃は、濵田先生とともに、選手のスカウティングに行っていました。私はカナリーニョジュニアユースのコーチもしていたので、クラブチームに良い選手がいればリストアップし、中体連を偵察に行っていた濵田先生と情報交換をするという形です。

良いと思った選手はJクラブのユースや有名高校に行くので、なかなかこれだと思った選手は来てくれないのですが、それでも諦めずに、どうやって選手を育成するかを考えていました。

濵田先生のすごいところは、カナリーニョの選手が「中央学院ではなく、他の高校に行きたい」と言うと「本人がそういうのなら、しょうがないね」と引き止めないことです。当時、カナリーニョは中央学院のグラウンドで練習していたので（注：現在は別の場所に専用グラウンドがある）、普通なら「なんだよ」と思っても仕方がないところを、選手の意思を尊重してくれるんです。その姿勢は素直に尊敬します。

私は2013年に流通経済大学女子サッカー部の監督に就任することになり、中央学院のコーチを卒業させていただきました。その後は教え子の吉岡がコーチとして、濵田先生をサポートしてくれています。

今後、中央学院が千葉で勝つためには、良いセンターフォワードとGKを獲得するか、育てることだと思います。中盤にはテクニックのある選手が揃い、コンビネーションも確立されているので、あとはその2つのポジションで中心になれる選手が出てくれれば、千葉県で優勝するチャンスもあると思います。

濵田先生は『児玉はプロになる』って最初から言い続けていました

安楽竜二

レオSC監督

PROFILE

Ryuji Anraku

●1976年大阪府生まれ。大阪府茨木市を拠点に活動中のサッカークラブ「レオSC」U-15監督。クラブの指導方針はサッカーを通して、『選択のアイデンティティ』を持てるようにすること。

中央学院の濵田先生との出会いは、２００５年なので、もう15年になります。エスポルチ藤沢の広山晴士さんに紹介してもらったのが始まりです。

うちのクラブから、初めて中央学院に行った選手は、中学時代はBチームの所属でした。その選手が中央学院を卒業して、流通経済大学にサッカー推薦で進学したんです。それには驚きましたね。中学時代は、ちょっとレベル的にしんどいかなと思っていた選手を、そこまで伸ばす濵田先生の指導力はすごいなと。

ほかにも、レオSCから中央学院に行った選手で、能力はそれほど高くはありませんでしたが、サッカーが大好きな選手がいました。彼は高校3年生の最後に、選手権予選のメンバーに入ったんです。それを見てうれしかったですし、保護者もすごく喜んでいました。

濵田先生は選手を怒らないんです。リスペクトしているのが、外から見ていて伝わってきます。昔は学校に寮がなかったので、選手と一緒に朝ご飯を食べたり、いまでも昼は一緒に食堂で食べたりしているそうです。

中央学院に行った選手がうちのクラブに顔を出したときに、「サッカーが楽しい」と言っていて、いままでそんな高校生に会ったことがありませんでした。中央学院に行かせて良かったなと思いました。

児玉駿斗を送ったのは、中央学院に選手が行くようになって7年目でした。

その学年には中3の時点で児玉より上手い選手が2人いました。それもあって、まさか児玉がプロになるとは、その時点では思ってもいませんでした。でも、濵田先生は「児玉はプロになるから」と、最初から言い続けていました。

児玉は同級生の上手だった2人と一緒に、Jクラブのユースの練習に参加させてもらって、その2人は合格したのですが、「上手いけど体が小さい」という理由で落ちたんです。でも、「児玉君、ええやん」と言ってくれたのが、京都橘の米澤監督と濵田先生でした。

濵田先生は「絶対にプロになるから」と。そのときは信頼関係ができていたので、信用はしていましたが、内心は「何言ってるんやろう、この人は」と思っていました（笑）。

児玉は私の想像を超えるプレーをする選手でした。忘れもしないのが、6対3の設定で練習をしているときに、攻めている方向と逆側を向いてコントロールしたので、「その体の向きで、次のプレーができるのか?」と言ったら、「わざと逆を向いて、相手を引きつけているんです」と言われたことです。

彼自身、自分は身体能力が高い方ではないので、相手を引きつけておいて逆をとるプレーを選択していたんです。

でも、当時の自分はその意図を見抜くことができませんでした。そのような経験から、選手に負けていられないので、よりサッカーを勉強するようになった記憶があります。

ある年の正月に、児玉がレオSCに遊び来てくれて、選手の前で話をしてもらったことがありました。

児玉が言っていたのは「安楽コーチからはメンタルを鍛えられた。サッカーは中央学院で学んだ。だからみんな、頑張れ!」と。ちょっと待ってくれと。俺もサッカー、教えたやん?って言ったんですけども(笑)。

児玉に「何でプロになれたかだけ、選手たちに教えてあげてくれ」と頼んだら「ボールをどこに止めるか、どこに蹴るかというのは常に自分に問いかけている」と言っていました。レオSCの中学生に「それは教えられるものじゃないから」と。中央学院時代も、大学に行っても、その気持ちは持ち続けていたのだと思います。

数年前に中央学院が市立船橋と選手権予選で試合をしたのを見たのですが、技術ももちろん大切ですが、体が大きかったり、足が速いなど、身体能力も必要なんだと改めて感じました。

いままではテクニカルな選手が中央学院に行っていましたが、アスリートとしての能力が高い選手も送らないと、全国レベルのチーム相手に勝つのは難しいのかなと。身体能力の高い選手が中央学院に行って技術を身につけたら、すごい選手になりますし、そういう選手が揃っていくことで、チームがより強くなっていくのではないかと思います。

サッカーだけでなく、人として成長させてくれるので絶大な信頼を置いています

武井一馬

イーリス生野監督

PROFILE

Kazuma Takei

●1978年大阪府生まれ。大阪市生野区を中心に活動中のクラブチーム「イーリス生野」代表兼監督。クラブのコンセプトは「サッカーを通じて選手たちの可能性を伸ばす」

濵田先生との出会いは2005年です。中央学院の練習を見せていただき、そこから意気投合して、選手が進学するようになりました。

濵田先生の人間性やサッカー、選手育成に対する考え方に共感したことも一つですが、とにかく選手たちが楽しそうにサッカーをしていて、主体性をもって取り組んでいるように見えました。

最初に中央学院に入学した選手が、畠中佑樹（ヴェルスパ大分）です。畠中は濵田先生とフィーリングが合いそうだと思ったのが、中央学院をすすめた理由の一つです。

プロになれなくても、中央学院に行けば、得られるものはたくさんありますが、畠中が大学を卒業して、J3のブラウブリッツ秋田、藤枝MYFCを経て、JFLのヴェルスパ大分でプレーしているので、素直に嬉しいですね。

イーリス生野の卒業生で中央学院の選手からは、帰省の際「今から大阪に帰ります、練習行っていいですか？」と連絡が来ます。こういうことが自然にできることにも感心しました。サッカーだけでなく、人として成長させる部分には、絶大な信頼を置いています。

畠中が高校3年のときに、市立船橋が全国優勝しました。そのチームの右サイドバックが、中学時代のチームメイトでした。その選手は中央学院の練習にも参加したのですが、「ここもめっちゃいいけど、僕は市船のほうが活躍できると思います」と言って、市船に行きました。

中学時代のチームメイトが市船のユニフォームを着て、全国優勝した試合を一緒に見ました。畠中は「チームメイトが優勝したのは嬉しいけど、正直、悔しいです。将来、絶対にプロサッカー選手になるしかないですね」と言っていたのを覚えています。負けた悔しさを胸に、次の日に朝練をしにグラウンドに行く選手がプロになります。その環境やメンタリティが中央学院にはあると思います。

小学生、中学生年代に飛び抜けている子は、Ｊクラブのユースチームに行きます。イーリス生野はセレクションをおこなっていませんが、入会して来る選手は熱い思いを持った選手ばかりです。彼らをどうやって伸ばしてあげるか・伸びるための行動を起こす働きかけをしてあげるか・大人が邪魔をしないように…、それが大切だと思っています。

中央学院の選手たちは、とにかくたくさんボールに触るんです。朝6時から「ボール蹴ろうぜ」と言って、同級生や後輩を起こしにくるそうです（笑）。とにかくサッカーが好きな選手の集まりなんですよね。

「プロになるんだ」という想いを持っている集団なので、イーリス生野の選手も中央学院に行って、その気持ちを胸にボールを蹴ってくれたらなと思います。

イーリス生野からは毎年全国へと選手が巣立って行きます。

チームを選ぶ際には、その選手と監督の人柄が合うかどうかは重視しています。人としての相性は大事なので、濵田先生にも「そこは僕を信用してください」と言っていますし、濵田先生も「武井さんがそう言うのなら」と全幅の信頼を置いてくれています。

だから、濵田先生に「この選手をお願いします」と言うと、「わかった」と。極端な話、プレーを見たことがなくても獲得してくれますし、ちゃんとその選手の家に行って、学費がいくらかかって、寮費はどのぐらいでと、しっかり説明もしてくれます。

濵田先生のもとでは、選手がサッカーをずっと好きなままいられる印象があります。成長して大学や社会人など、上のカテゴリーでもサッカーを続けるんです。そういったところも素晴らしいと思います。

中央学院に合っているのは、市船や流経大柏を倒そうというメンタリティを持っていて、なおかつプロになりたいと思っている選手です。「千葉県の強豪を倒すぞ！」というメンタリティは、とても重要です。打倒市船、流経大柏というリーダーシップを取れる存在であり、悪い雰囲気になったときに「これでいいんか！」と言える選手、努力を怠らない、惜しまない選手を大阪から送らなければと思っています。

中央学院で3年間、努力してきた選手が、大学に来て脚光を浴びるようにしてあげたい

安原成泰

東海学園大学サッカー部監督

PROFILE

Mariyasu Yasuhara

●1968年愛知県生まれ。中京高校(現・中京大中京高校)ー大阪商業大学ー名古屋グランパスーCAリーベル・プレート(ウルグアイ)ー本田技研。2013年より東海学園大学サッカー部の監督に就任。

濵田先生と出会ったのは、中京高校の後輩だった村田（信行／カナリーニョ代表）の紹介です。中央学院が技術を中心にした『ボール中毒』の集団だったので、これはいいなと思って付き合いが始まりました。

初めて会った時から、濵田先生からは情熱を感じました。高校年代で技術を大切にしたサッカーをして、試合での勝ち負けよりも選手育成を大切にしている指導者はほとんどいないので、珍しいなと思いましたね。

村田に「おもしろい指導者がいるよ」と聞いていたんです。会ってみたら、しっかり選手と向き合って、ボールと向き合っている人だなと思いました。

話をしていてもそうですし、東海学園大学に送ってくれる選手を見ても、フィーリングが合うんですよね。あまり高校の指導者と意気投合することはないのですが、村田と濵田先生

と3人で顔を合わせたときに「じゃあ、一緒に選手を育成していきましょう」という気持ちに自然となりました。

中央学院から東海学園大学に来る選手は『ボール中毒者』がほとんどですね。いまの選手たちは、ボールを持つのが好きな選手は多いのですが、ボールを持つのが得意な選手は少ないんですね。でもありがたいことに、中央学院から来る選手は、みんなボールを持つのが得意なんです。だから、非常に助かっています。

彼らはボールを持ちながら周りを観たり、チームメイトとの関係性の中で創造性を発揮することができます。だから、精神的な部分で彼らに教えることはありません。東海学園大学でプレーするための素地ができているので、大学では周りの選手と関係性を作ることなど、いくつかのポイントでアドバイスをしていくだけです。

中央学院から来た武田拓真、榎本大輝、児玉駿斗もそうですが、彼らは手でボールを扱うかのごとく、足でボールを扱うことができます。だから、ほとんどミスはしません。

武田は相手に囲まれてもターンができる、猫のような敏捷性がありますし、榎本は完全なボール中毒者です。私も現役時代、ドリブルばかりしているクレイジーな選手だったのですが、榎本を初めて見た時に「同じ匂いがするやつだな」と思いました。

榎本は天才です。ドリブルに関して、あのレベルの選手は見たことがありません。ドリブルで狭い隙間に入って行って抜けますし、スペースに出て大きい速度を出しながら、しなやかにかわすこともできます。それができる選手はほぼいません。

中央学院の選手は高田先生のＰＮＦトレーニングをしているので、身体的な感性も高い。やはり、本物を見せることが大事で、濵田先生は様々なアプローチを選手たちにして、本物とは何かを教えているんだと思います。

武田、榎本をお手本にしてきたのが児玉です。彼は東海学園大学に入学してきたときから、手で扱うように足でボールを扱えていたので、1年生のときから試合で起用していました。ボールを持つのが得意な選手という意味では、歴代の選手と比べてもダントツです。レベルが違います。

もともとパサーだったのが、中央学院に行ってドリブルを身につけたことによって、止める・蹴る・運ぶ・抜く、すべてがハイレベルの選手になりました。フットサル・Ｆリーグの名古屋オーシャンズと試合をしても、平気な顔でボールを持てるのは児玉ぐらいです。

中央学院の選手達は、常にボールを触っています。練習前も、グラウンドに来てパスをしたり、ドリブルをしたりして遊んでいるのは、だいたい中央学院出身の選手です。

彼らは高校時代、全国大会に出ていないので、スポットライトを浴びていません。だから、東海学園大学でサッカーをするからには、全国大会には出させてあげたいと思っています。

そうすると、たくさんの人に見てもらえるので、大学選抜や上のカテゴリーでプレーするチャンスも生まれます。

それも、高校時代に濵田先生が一番大変で、手がかかる部分を地道にやってくれているからです。中央学院で3年間、ボールと自分と向き合って努力してきた選手が、大学に来て脚光を浴びるようにしてあげたいんです。

濵田先生は一番めんどくさくて、難しいことに取り組んでいます。だから私としても、サポートしたい。選手にとって何が大切かをわかってやっているので、かっこいいですよね。土を耕して、種を撒いて、0を1にする。そこが一番地味で、大変な作業です。

そういう環境で育った選手が、大学に来て脚光を浴びてほしい。うちの大学以外にも、中央学院から静岡産業大学や岐阜共立大学などに進んでいます。同じ東海地域の大学なので、ともに東海リーグを盛り上げて行くことができたらと思っています。

濵田先生からは、とことん自分とボールと向き合って、サッカーを楽しむことを学んだ

東海学園大学
児玉駿斗

PROFILE
Shunto Kodama
●1998年大阪府出身。摂津FC—レオSC—中央学院高—東海学園大在学中。2018、19年名古屋グランパス特別指定選手。2018年4月7日のJ1第6節北海道コンサドーレ札幌戦にて公式戦初出場。

中学生のときは「中央学院＝ドリブル」というイメージがあったので、あまり行きたいとは思っていませんでした。というのも、中学時代の自分はパサーだったので、自分のプレースタイルとは合わないと思っていたんです。

それが、中3のときに千葉に遠征に行って試合を見た時に、印象が180度変わりました。そのチームには武田拓真選手や榎本大輝選手がいて、パスもドリブルもとにかく上手くて、自分が好きなサッカースタイルでした。試合を見て10分で「中央学院に行こう」と決めました。見ていておもしろかったですし、やっている選手も楽しそうにプレーしていました。「やっていておもしろい、見ていておもしろい」が一番ですよね。

それで濵田先生が家に来てくれて、親に学校のことなどを説明してくれたのですが、あのガタイでスーツを着ていたので、妹がめちゃくちゃビビってましたね（笑）。

中央学院に入ってからは、1年生ですぐにトップチームに上げてもらって、リーグ戦にも出してもらいました。でも、鎖骨を折ってしまったので、しばらくプレーすることができませんでした。治ってからは、榎本くんとずっと一緒にボールを蹴っていました。中央学院で榎本くんや松本直也くん（現・東海学園大学キャプテン）たちと一緒にプレーできたことは、自分にとってすごく良い経験になっています。

榎本くんからはドリブルを教わりました。雰囲気を見て、こうやって抜いていくんやというのがわかりましたし、実際に見て抜けるようになったので、榎本くんとの出会いは大きかったですね。

濵田先生には、自分が持っているパスという特徴を消さず、自由にプレーさせてもらいました。高校時代は自由にやらせてもらった印象しかないです。

練習はドリブルや対人が多かったので、ドリブルもうまくなりました。いまでもやっていると思いますが「ドリブルゲーム」はめっちゃ良い練習だと思います。360度、どこからでもボールを奪いに来るので、足の動かし方や体の使い方などが身につきます。

自主練では1対1をひたすらやっていました。全体練習が終わってご飯を食べて、自主練をする。その繰り返しを、飽きずにひたすらやっていました。こう見えて、自分はサッカーが好きなので（笑）。1対1の練習は大事だと思います。

練習ではドリブルが多かったですが、スルーパスに磨きをかけたかったので、練習や試合では意識して取り組んでいました。中学時代はワンタッチ、ツータッチでプレーするパサータイプだったので、中央学院のスタイルとは真逆だったのですが、ドリブルもパスもできるようになったので、プレーの幅が広がったと思います。

いま振り返って、中央学院に行ったのは正解だったと思います。中学時代の同級生は関西の高校に行って、高校選手権に出ていましたけど、特に何も思わなかったです。自分が全国に出ても、あのぐらいはできるだろうなと思って見ていました。「千葉はレベルが高いからな」とか言いながら（笑）。市船や流経大柏と試合をしても、ボールを奪われる気がしませんでしたから。高校3年生のときは、相手チーム、全員抜けるんじゃないかと思っていました。

高校生にアドバイスをするならば、全国大会に出られなくても、良い選手であればプロになれるので、大会の結果に左右されずに頑張ってほしいです。

中央学院でやっていることは間違っていないと思いますし、高田先生のトレーニングと濵田先生のサッカーはちゃんとやっておいたほうがいいよと言いたいですね。

全国に出られなくても、中央学院でしっかりと技術を身につけておけば、上のカテゴリーに行ったときに評価されます。技術は絶対につけておいたほうがいいし、技術がないと生き残っていけない。それは声を大にして言いたいです。

大学に来て、安原さんに出会い、名古屋グランパスで風間さんと出会ったことで、自分が小学校、中学、高校とやってきたことは間違っていなかったんだなと思いました。大学に来るまで全国大会には出られなかったけど、大学選抜に選ばれて、グランパスと契約してもらいましたし。

だから、いままで出会った指導者、そして親には感謝しかありません。とくに濵田先生には、自分で言うのもなんですが、特別扱いをしてもらったというか、大事に育ててもらったと思います。

濵田先生から学んだのは、とことん自分とボールと向き合って、サッカーを楽しむことです。

今後、自分がプロになり、活躍することが、いままで関わってきてくれた人たちへの恩返しになると思うので、頑張っていきたいです。

〈あとがき〉

私が他の指導者の方と違うのは、「サッカーとはこうやってプレーするものだ」と、教えすぎないことだと思います。

選手にはそれぞれ個性があります。背の高さ、足の長さ、頭の柔らかさ…。それぞれ違います。それを、指導者のサッカー観にあわせて「こうやってプレーするんだ」と教えるのはおこがましいと思っていますし、選手の可能性を潰す行為だとも思っています。

サッカーは楽しんでやるものです。小さい頃、友達と一緒にボールを蹴るのが楽しくて、そこからサッカーを始める人が大半です。子どもの頃のサッカーは、大人にやらされてはいません。サッカーが好き、楽しい、おもしろいという気持ちを胸に、夢中になってボールを蹴っていたと思います。

中央学院は、高校生になってもその気持ちをなくさないように、指導者の働きかけで、その気持ちをなくさせないように、気をつけています。だから、選手たちが楽しそうにプレーしているように見えるのだと思います。

私の指導生活の心残りは、サッカーを楽しいと思わせてあげられなかった、初期の頃の選手たちのことです。いまでも、彼らには申し訳ないことをしたなと思っています。

指導者にサッカーをさせられるのではなく、選手自らが「もっと上手くなりたい」という気持ちを胸に、自主練したり、練習や試合に取り組むから上手くなる。それがすべてです。

私の指導の目的は『サッカーが好きな選手』を作ること。その結果として、大学で評価される選手になったり、プロから声がかかる選手が出てくるわけです。

2019年度は関東大会で優勝しました。他の高校に目を向ければ、インターハイ優勝、高校選手権優勝など、華々しくタイトルを獲得しているチームはたくさんあります。

それも素晴らしいことだと思いますが、高校でお腹いっぱいにさせすぎて「サッカーはもういいや」という気持ちにはさせてはいないでしょうか？

全国大会に出た、大会で優勝した高校を卒業した子たちが、何人サッカーを続けていますか？　卒業後もサッカーが大好きで、プレーすることが楽しくてしょうがないと思っていますか？　私はそこをいつも見ていますし、気にしています。

高校3年間で楽しくサッカーをして、技術的にうまくなり、精神的、肉体的に成長して、上のカテゴリーで活躍する。そして30歳、40歳とオヤジになってもサッカーが上手い。

そこが中央学院のゴールです。

この本では、そのための方法や考え方をお伝えしました。

最後に、私の夢の話をさせてください。

中央学院を卒業し、大学や社会人でプレーする選手は年々増えています。彼らの姿を見ると「高校でサッカーを嫌いにさせなかったんだな」と、うれしくなります。

卒業生から「社会人で楽しくサッカーをしたいのですが、どこか良いクラブはないですか？」と相談を受けることもあります。そんな彼らの受け皿になるような、社会人のクラブを作りたいのです。

卒業したら終わりではなく、中央学院サッカー部を軸に、サッカーや仲間と生涯かかわっていくことのできるコミュニティを作りたい。卒業生が子どもを連れてきて、そこでスクールをしたり、異なる世代同士が交流する場所があると良いなと思っています。

そのためにはハード（グラウンド）が必要です。中央学院がある、千葉県我孫子市を中心に土地を探しているのですが、なかなかみつかりません。心当たりのある方は、ご連絡をお待ちしています（笑）。

最後になりましたが、本書の制作を担当してくれた、竹書房の柴田洋史さん、スポーツライターの鈴木智之さん。インタビューに応じてくれた皆様、中央学院のスタッフ、中央学院高校サッカー部を選んで入部してくれた選手たち、大事な子どもたちを預けてくれた保護者の方々、そして中央学院にかかわるすべての人たちに感謝の言葉を申し上げたいと思います。ありがとうございました。

２０１９年末　濵田寛之

2019 年度関東高校サッカー大会への出場権を懸けた
千葉県予選決勝で専大松戸に勝利し、見事初優勝を果たした

濵田寛之（はまだ・ひろゆき）

中央学院高校サッカー部監督

1971年生まれ。愛知県出身。2019年日本サッカー協会公認A級コーチジェネラル取得。千葉県立松戸矢切高校から仙台大学へ進学。仙台大学卒業後、1994年より中央学院高校の体育教師、およびサッカー部監督に就任。2001年ごろから技術重視のスタイルに変え、個人技・個人戦術にこだわったサッカーをベースに激戦区千葉突破、そして技術で応えられるプロ選手育成を掲げ、注目を集めている。J2ファジアーノ岡山の武田拓真やJ1名古屋グランパスの榎本大輝、2021年に同じく名古屋加入が内定している児玉駿斗らを輩出。2019年度は千葉県予選で初優勝を果たし、12年ぶりの関東高校サッカー大会出場を果たした。

技術で応えられるサッカー選手を育てる

中央学院高校の教えすぎない育成哲学

2019年12月25日初版第1刷発行

著　　者　濵田寛之

発 行 人　後藤明信
発 行 所　株式会社 竹書房
〒102-0072
東京都千代田区飯田橋2-7-3
TEL03-3264-1576（代表）
TEL03-3234-6301（編集）
http://www.takeshobo.co.jp
印 刷 所　共同印刷株式会社

ISBN978-4-8019-2115-3